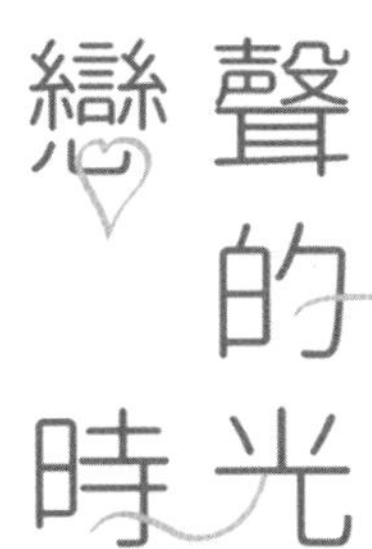

Sound of Love

丁凌凜 著

或許，她也能是個幸運的人，
因為他說過，會把幸運都給她。

第一章　當我望進你的眼

「幫我轉FM100.2！」

梁塵埋在一堆行李中，從汽車後座對著父親喊。車內離別的氣息太濃厚，沉悶氣氛讓她喘不過氣。

梁爸爸立刻轉到梁塵說的頻道，汽車音響傳來一個男聲，聲調沉穩富有磁性，是標準的電臺嗓音。

電臺主持人正說著這週剛上映的電影，梁塵靠在椅背上癟著嘴聽。車窗外的風景全變成了線條，映在秋日的暖陽裡，照進車內，在她的臉上留下光影。

楊聲已經消失整整四年了，這段時間同時段的主持人都換了五個人，就是不見楊聲回來的消息。

楊聲在樂眾電臺是一個發光體，在廣播界更是一個傳說，在現今廣播電臺式微，電視和網路更直接刺激閱聽者的年代，他的出現為廣播電臺帶來一線曙光。

一開始楊聲是樂眾電臺的假日主持，沒多久就接下電臺的平日夜間時段，他的聲音略微低沉、語調溫柔，聽起來很舒服卻不會太女氣，非常有特色。高三的梁塵曾經形容男神的聲音，就像是在悄然無聲的暮色裡逐漸漾出一道微光，連晚風都為它沉寂。

曾經有楊聲的粉絲到電臺樓下苦等，想知道這個聲音的主人到底長什麼樣子。人無十全十美，聲音這麼完美的男人說不定長得很普通、甚至其貌不揚！

沒想到楊聲相當神祕，一年過去粉絲們只有拍到一張他戴著鴨舌帽的照片，但這張照片也足夠讓眾人議論一番了。他身高腳長，穿著帽T和刷白牛仔褲，遠遠看過去俊雅又年輕。照片在楊聲的粉絲中傳開來，很多人在電臺網站上向他告白表達愛慕，楊聲卻從來沒有回應過、跟粉絲也沒有任何互動。

那個時候梁塵總在書桌前默默聽著廣播，一邊寫參考書和無數的練習卷，楊聲的聲音伴她度過寂寥的夜，她總在幻想聲音的主人會是什麼樣子。

但是楊聲沒來由地消失了。

沒有人知道他去了哪裡，漸漸的這個名字也被人遺忘……

下了高速公路，廣播節目還沒結束，梁爸爸對梁塵說：「想回家隨時可以回來，不想搭車我就來載妳。」

「嗯。」

到了學校，梁爸爸把車開進宿舍區，幫著梁塵把行李卸下，又一箱箱抬進宿舍。梁塵領了鑰匙，找到自己的房間。其實她的東西不多，兩趟就能搬完。

梁爸爸看了看，說這房間特別大，要梁塵好好和室友相處、互相照顧，叮嚀她記得常打電話回家。

「知道了。」梁塵看著爸爸的背影，知道他是捨不得她離家，心裡有點感傷。

「又沒有很遠，坐火車四個小時就到了！」她輕聲說。

梁爸爸沒回頭，揮了揮手就下樓。

窗戶沒關上，風起的時候米黃色的窗簾在空中飄搖，她看著屋子裡一櫃子羊毛被和厚外套，都是爸爸多塞的，明明冬天還沒到……

梁塵拉開窗簾，看見爸爸的車駛離宿舍，房間裡剩下她一個人，這個陌生的城市、陌生的學校、還有陌生的室友都讓她有點焦慮。

另一個室友可能住在這裡很久了，她東西很多，烤箱、烤麵包機應有盡有。梁塵看到衣架上還掛著刷破的牛仔褲，冰箱上放著用過的假睫毛，感覺對方是個相當時髦的女生。

當她整理完所有的行李，室友都還沒有回來。

大方窗外的斜陽照滿整個房間，屋子裡盛滿餘暉，梁塵沒有探險的精神，不想步出宿舍覓食，便吃起自己帶來的零食。

打開電腦，弄了半天才接上網路，她點開常用的網路廣播平臺，悠悠女聲傳來，越聽越催眠，她戳戳手機，點開最近很紅的樂歌APP。樂歌能多人一起玩，也能選擇自行錄製喜歡的歌作為心情發布，她心想反正室友不在，便戴上耳機，選幾首歌唱了起來。

梁塵唱的歌曲不外乎是熱門排行榜上的金曲，隨口唱完就點下發布。她在樂歌沒有認識的朋友，聽歌的人不多，她從來沒希望自己的歌聲被誰聽見，只是無聊想唱歌罷了。

她關掉視窗，決定先去洗澡，吹完頭髮，室友正好回來。

「嗨！妳來啦！我叫李方婷，是妳的室友。」

「妳好，我是梁塵。」她也打招呼。

兩人簡單聊了幾句，李方婷便去忙了。

梁塵躺在床上用手機，發現有人對她發布的歌曲點讚，她看了看又返回首頁，隨手點開最新發布歌曲，發現有一首〈小夫妻〉點擊率特別高，很短的時間裡就有破百的收聽！

她想這一定是某個神人級人物在炫技，也好奇點進去，一聽她就愣住了。

「如果你覺得你愛的那個人對你不夠好，並不代表他沒有竭盡所能愛你，有可能是你的目光只放在自己在乎的地方。」

淡淡的背景音樂，配上他呢喃般的輕柔嗓音，在秋日的夜裡聽起來很舒服，沒有字幕也可以聽得很清楚。

「他一直記得你愛喝的飲料，只要看到就會順手買回來。在外面點菜的時候，會點上一道你愛吃卻捨不得點的菜。在你胃炎初癒的時候，看到你亂吃東西會罵你。在你迷集點贈品的時候，每天午餐都買便利商店，為的是幫你多拿到幾張點數。愛，融在了朝夕相處的日子裡，融在柴米油鹽裡。幸福可能沒有鮮花跑車，卻在鍋鏟裡、三餐裡，把日子活出了人味……」

接著他輕輕地唱歌，沒有背景音樂，只有他帶著一點磁性的嗓音。

你今天玉米濃湯有一點鹹，你沒送鑽戒以後補我項鍊。
我的通通是你的沒有期限，存夠錢我們逛地球一圈。
Oh～小夫妻，我的福氣，這輩子可以讓我愛上了你，
這一路有時晴有時雨都沒有關係，你當爺爺，妳當奶奶，還是老夫老妻——

（〈小夫妻〉詞：Benny C／曲：方文良）

歌沒有整首唱完，錄音停在這裡，梁塵還沉浸在剛剛的歌聲裡。

這人的聲音低沉不失清亮，還帶有磁性，雖然唱歌的時候好像有一點點沙啞，卻特別有一股滄桑的味道。

梁塵很驚訝，重聽他說話的聲音，有點像那個人……可是又不太一樣。

她滑到底下的評論，看見別人七嘴八舌、有褒有貶，畢竟在唱歌平臺做這種事情的確滿奇怪的。

仔細一看，這個人的資料像是新加入的，等級很低，感覺像是在練習什麼？還是想引起別人注意？

【愛吃鬼】超好聽！耳朵懷孕了！（愛心）

【裸奔的沙丁瑜】這聲音也太好聽了吧！

【裸奔的派大興】接受點歌嗎？我想點給沙丁瑜。

【隨便唱唱】讚讚推

【達】菜逼八，這是唱歌的地方，你媽知道你在這裡講廢話嗎？滾回你的直播吧！

【小心心】小哥哥好聽QQ

梁塵匆匆滑過一輪評論，就聽到洗完澡的室友在一旁興奮喊她。

「我是數學所二年級，妳呢？」

「大傳所。」

「哇！好酷！數學所這年級只有我一個女生，我好無聊，有妳來我就不無聊了！我這裡有烤箱、電磁爐還有烤麵包機，妳可以隨便用。對了！妳還沒買冰箱吧？我的可以先借妳冰，可是我東西很多，妳最好還是買一個。」李方婷熱情介紹她的小世界。

她掀開額外買的置物櫃，「學校的櫃子不夠我放，所以我買了三個二手櫃子。」四層櫃裡面東西塞得滿滿當當，梁塵看得目瞪口呆。

其中一個櫃子裡全都是面膜，不同牌子不同功能，目測大概有一兩百包，還有洗面乳、卸妝油一排一排整整齊齊。另一個櫃子擺放一箱箱的鋁箔包飲料，還有泡麵、零食，陳列得像是商場的展示櫃，梁塵甚至看到一小臺飲水機。

「哇！」梁塵忍不住驚歎。

李方婷滔滔不絕地說：「我除了修課還要兼家教，常常沒時間去採買，東西快沒了我會很恐慌，所以習慣一次買這麼多。這裡去大賣場不太方便，也許妳也該考慮囤個貨，假日窩在宿舍，想吃就有了！」

李方婷注意到梁塵的髮型，她的髮絲偏細，微微的捲度披垂在肩膀上。

「妳的捲髮好漂亮，是燙的嗎？」

「不是，是自然捲。」梁塵把手腕上的髮圈拿下來，在腦後隨意綁起馬尾。

「對了，妳以前是哪所學校的？」

「C大。」

「也是讀大眾傳播嗎？」

「是文學系。」

「難怪妳好有氣質。大學時我們數學系女生沒幾個，我常常被當作異類，還曾經因為打扮太亮眼引起老師注意。看起來妳也是會打扮的人，我有伴啦！」

梁塵看了看李方婷隨意披掛在架子上的衣服，的確顛覆她對數學系女生的印象。

雖然人生地不熟，又是第一次離家這麼遠，但李方婷挺親切，梁塵覺得新的開始一切都很好，她總要學會長大。她想一定要把學分盡速修完，寫完論文畢業，找到一份工作，最好是離家近一點，將來好好陪伴爸媽。

李方婷繼續用電腦，梁塵躺回床上，點開樂歌，〈小夫妻〉那首歌的點擊率已經破千了。

她想，真是個特別的人。

ღ

這幾天梁塵除了去餐廳吃飯，幾乎都待在宿舍，今天她開始有課，想先去趟書局把缺的文具買齊。

李方婷一早就不在，梁塵一個人照著印象中去餐廳看到的路標走，走了整整二十分鐘才找到書局，買了各科要用的筆記本。

這間書局很大，還有兩個門，她走出去，發現外面的風景跟記憶中不太一樣。她走回去，從書局的另一個門出來，站在廣場上抬頭看著指標牌，覺得一頭霧水。

梁塵的方向感一向很差，國中開學第三天，還曾經在上學途中迷路，最後車坐過站而遲到被處罰。

她看見身邊有人經過，上前一問：「請問你知道傳播學院怎麼走嗎？」

那男人個子很高，戴著黑色口罩，睨她一眼，用手比了比左邊的方向就走了。

梁塵朝他比的方向走沒幾步，那人又騎腳踏車經過她的身邊，在前方停下來，岔開兩條長腿回頭看她。

梁塵遲疑地走過去，不確定他想做什麼。

對方比比後座就抬腳準備騎車，梁塵還在猶豫著，他不等她就騎走了。

「欸欸欸！同學！等等──」

刺耳的煞車聲響徹整個廣場，梁塵朝他的方向跑去，臉上紅撲撲地喘著氣，二話不說坐上後座，心裡想著自己也要去買一輛腳踏車才行。

男人穩穩地騎上路，梁塵發現他的腳很長，背也很寬，穿著薄T的上半身隱隱透出結實的肌肉線條，想起剛剛看到他被口罩遮住的臉，鼻梁好像很高，還有一雙隱藏在粗框眼鏡後面漂亮的杏眼。

她歪頭看到他的車籃裡放著一本書，肯定是剛剛去書局買書了。

到了傳播學院，他讓梁塵先下車，她現在才知道傳播學院離書局是對角線的距離，所以他才會好心載自己一程。梁塵鄭重向對方道謝，見他一直酷酷的也沒搭理她的意思，梁塵只好摸摸鼻子跑走了。

她去辦公室拿了一些資料，出來時看見剛剛那男人正在上樓。梁塵走進教室準備參加新生座談會，一進去就被老師叫住。

「妳幫我去二〇六室桌上拿一枝雷射筆好嗎？研究室裡面應該有人。」

「好……」教室裡的人都在看她，梁塵覺得尷尬，趕緊上樓找到二〇六室。

敲幾下門，裡面果然有人出來應門。

門一開，她微笑著抬頭看，是剛剛載過她的好心人！

他已脫去口罩，高挺的鼻梁配上唇色極淡的微噘薄唇，歪著頭看起來慵懶又有點不怒自威的氣勢。梁塵的大腦只有六個字：好看得不得了！

她屏住呼吸，定格在那裡，話都不會說了。

「我、我、我來拿老師的雷、雷射筆……」她的舌頭打結。

男人輕笑一聲，從桌上取了筆給她。梁塵接過之後鞠了躬就跑下樓，心臟怦怦地跳著。

今天發信找學生來的老師是梁塵這一屆導師，教數位平臺經營。因為大傳所所長出國短期進修，新學期的多項計畫便由她來做介紹。

吳可寧先在十幾個人之中選了班代，五十分鐘的介紹過去，一年級的研究生們各個暗自叫苦。除了學理論的必修課以外，有些會實際操作的選修課也被直接要求一定要修，畢業前還要通過語言檢定，學生們小小騷動著。

散會後吳可寧把梁塵留下來。

「這學期運動會原本要由大學部的學生來主持，不過那個學生臨時要去參加試鏡，所以學校拜託我找人。我記得當初面試妳說自己主持過不少會場，有相關經驗，要不要試試看？」吳可寧問過其他學生的意願，大家都對沒錢的事興趣缺缺。

「我？」梁塵看著她。

當初為了面試上學校，當然是把自傳寫得很好，其實梁塵主持的會場不過是她媽媽公司辦的簡單走秀而已，還是為了讓她寫進自傳裡，才拜託公司的人讓她主持。那種小型時尚走秀基本上也不需要說太多話，把稿子背起來念念開場白，接下來都是模特兒們的時間。

「這是個不錯的機會喔！好好磨練磨練，假如主持得好，校長、學務長看在眼裡，說不定下回畢業典禮也會找妳主持，機會和實力就是這樣慢慢累積來的。」

「老師……這麼看反應的場合，我……」她對這個挑戰是有點興趣，但是這不是個能開玩笑的場合。

「這樣吧！妳跟我來。」吳可寧是助理教授，年紀看起來不大，個性滿豪爽的。

她收拾東西，關上電腦，帶著梁塵回研究室，她的球鞋在空盪的樓梯間響起沉沉的腳步聲，和梁塵的小心翼翼截然不同。

剛剛那男人還在研究室，看見她們來立刻把口罩戴上。

「陸岳聲，我來介紹一下，這是我們所上的新生，梁塵。」

他半坐臥在吳可寧的躺椅上看書，看起來兩個人交情匪淺。

陸岳聲沒有說話，懶懶地看了一眼，對梁塵點過頭當作打招呼，又低頭看書。

吳可寧把他的書搶走，「我推薦梁塵主持今年的運動會，想讓你指導她，讓她表現得更完美，可以嗎？」

梁塵靜靜地看著他們的互動。

陸岳聲從口袋裡拿出藥包對吳可寧晃了晃，隔著口罩發出的聲音帶著濃濃的鼻音，「我感冒了，一大早才去看醫生……」

「這麼不湊巧！」算算距離運動會還有二十天的時間，「反正又不是叫你上去主持，你只是負責指導，聲音沙啞也無所謂吧？」

吳可寧回頭對梁塵說：「陸先生是很厲害的人，能給他指導妳很幸運喔！」

陸岳聲無奈地看著吳可寧，要不是最近有求於她，必須常常來這裡找她，他才懶得跟吳可寧這對夫妻有任何交集，遲早會被弄死！

陸先生？梁塵突然覺得之前搭便車的行為太魯莽，學校的確不是只有老師和學生……

陸岳聲還坐在躺椅上看著窗邊，一言不發，不知道在想什麼。

「怎麼樣？這個學生底子還不錯，你只要『稍微』指導一下就好了。」吳可寧加強語調。

陸岳聲艱難地開口，嗓子很啞：「一時半刻我也不知道要對她講些什麼。」

他漂亮的眼睛在吳可寧的巨大書櫃上轉來轉去，起身抽了一本散文。

「妳隨便找一段念給我聽聽看。」

梁塵接過他手上的書，乖巧地站到一邊，一切突然就這麼順理成章起來，她也覺得神奇。

吳可寧背對他們坐在辦公椅上打字，忙自己的工作。

梁塵清了清嗓子開始念：「我有一塊石頭，看起來斑剝鬼奇；不但滿是蒼棘札老的嗦皺，而且——」

「停！」陸岳聲沙啞的嗓子一喊，梁塵立刻停下來，看向即使戴著口罩，仍看得出臉上寫著世界末日的陸岳聲。

「同學，妳遇到不會的字都不用查一查嗎？有邊念邊是一件很糟糕的事。」

梁塵看著他，她也很想借字典啊！但是她不敢開口。

她小聲地說：「可以借我字典嗎？」

吳可寧立刻站起來，從書櫃上拿了一本辭典給她。

「有什麼需要就直接說，上課也是一樣，不要怕，不然別人永遠不知道妳的需求，好嗎？」

梁塵突然有一種想法，讓這麼漂亮的人生氣是一件很糟糕的事。

「好。」她是真的太小心了，剛入學很怕給老師不好的印象，畏畏縮縮的反而讓人感覺不好。

梁塵查完辭典，重念：「我有一塊石頭，看起來斑剝鬼奇；不但滿是蒼辣虬老的皴皺，而且還有多處被蝕鏤成空洞，姿態奇磔。」

陸岳聲沉默了一會，讓梁塵把書遞給他。

「如果妳在臺上唱名的時候，不事先確認好名字的讀音，照著自己意思隨便亂念是非常沒有禮貌的事，這種場合妳最好隨身攜帶一本字典。」

「好。」

「這段話妳念起來像背書，這樣用機器來念不是更簡單嗎？主持人的條件之一是要有講話的『溫度』。」

梁塵羞愧地低著頭，他的表情嚴肅、話語犀利，聽在梁塵耳裡有點受傷，但她忍著沒有表現出來。

陸岳聲看了眼手表，「先這樣吧，我還有事，妳可以走了。」

他說得頭頭是道，看來是真的很有經驗，就指導到這裡讓她有點失落，其實也希望他能再多講一點。

「喔。」梁塵轉過身，拿起包包要跟老師道別。

「星期六早上十點，學校正對面那間咖啡館，不准遲到。」陸岳聲也不知道自己為什麼突然變得這麼熱心。

「好。」她稍稍驚訝了一下，更多的是無以名狀的雀躍。

梁塵道別後，拎著包包走出研究室，輕輕帶上門。

吳可寧立刻停下手，轉過頭對陸岳聲說：「你如果覺得不行，我可以換一個人。」

「音質不錯。」陸岳聲用力咳嗽。

「那你怎麼不跟她說？」吳可寧笑出來，剛剛看到梁塵的表情，其實她很想跳出來安慰她一下，但進步大多是伴隨著刺激而來，讓她自己想想也沒什麼不好。

「沒必要。」陸岳聲站起來，走到桌邊，「妳覺得這個計畫怎麼樣？」他用手指頭點了點桌上的資料夾。

吳可寧今早出門前早已閱讀完，她把資料夾推到他面前，「我覺得可以，以廣告策略來說挺好的，可是要怎麼讓它用起來方便，讓更多人隨時需要它是困難的點。」

這段時間聽她老公說，陸岳聲很少有親自負責的項目，該休假的時候他從來不曾客氣，北美、歐洲、西藏、東亞、南亞，常常跑得不見人影，也沒人聯絡得上他。

陸岳聲就是這樣一個人，想做什麼就立刻去做，不想做的時候十匹馬都拉不動，沒有人知道他心裡在想什麼，如今他突然決定自己主持一個項目，她滿意外的。

「這個我會再想想看。」陸岳聲拿起資料夾。

吳可寧壓根不在意陸岳聲拿來的資料，她現在更在意的是他們昨天打的賭，她拿起手機，「哇！不錯啊！初試啼聲就有一萬次點擊率，果然寶刀未老，繼續加油！」

陸岳聲面無表情瞪她一眼，要不是那天美網公開賽冠亞軍之戰，和他們那群人打賭輸了，他才不會做這麼丟臉的事。

「晉東說要測試這個APP的其他發展可能性，其實只說了一半，主要還是希望你不要放棄。」這話題一直是個禁忌，吳可寧說得隱晦，只希望這一次能勸得了他。

陸岳聲沒有回答，拿了自己的東西走出去，下樓之後想到剛剛借的腳踏車鎖鑰匙沒還，進了系辦公室，把鑰匙放在吳可寧的專用信箱裡，才慢慢踱出大樓。

秋風已至，殘夏未走，草坪剛開學就被踩踏得看不出生機，高照的豔陽金黃一片，熱得有點受不了，他拿下口罩，迎面而來的學生多看了他幾眼。

陸岳聲上了停在路邊停車格的車，駛出校園。

四年了，實際來說應該是四年兩個月又十五天，他意識到自己經常在算這個數字，然後呢？他也不知道。回去是不可能了，離開這麼長時間大概也沒人記得他，何須戀棧？

陸岳聲打開車窗，將手肘靠在窗框上，骨節分明的大掌撐著頭，懶懶地瞄了眼路邊三三兩兩的學生，握著方向盤的手俐落轉彎，瞬間也將這些事拋在腦後。

梁塵回宿舍前先去學校餐廳買午餐。

大多數學生都嫌學校餐廳難吃，喜歡去外面覓食，不過她懶得出校門，這裡離她宿舍近。

出了餐廳，看見路上有一臺貨車掛著修理腳踏車的牌子，大概是新學期學生們有這個需求，車子就停在學生們上課必經的路上。

她過去看了看，上面的腳踏車都是二手的，問了幾輛價錢，還有點猶豫不決，老闆熱心地介紹幾款適合女生騎的車款，最後梁塵選了一輛車身比較矮的，付了錢就直接騎回宿舍樓下。

坐在電腦前，她打開連續劇配飯，覺得便當的味道還真的不太好，看來以後不是跟她的室友一樣在房間裡開伙，就是要到校外去覓食了。

手機突然跳出新訊息，梁塵點開來看，是媽媽傳了一張照片，說在公司倉庫整理衣服，給她裝了一袋等洗好寄過來。媽媽對她一直是寵愛有加，只要出門就會買東西給她，尤其衣服一買就是一大堆，公司裡一些打樣衣也會留給她。

梁塵先道謝，再回覆自己的衣服已經夠了，不用再寄來。學校的衣櫃就這麼一點點大，已經沒地方放了。

習慣性地順手點進樂歌，她記得昨天聽到的那個聲音，好像叫……Sheng。很普通的名字，感覺像是亂取的，不過她就是記住了。

搜尋了ID，那個人的頁面和昨天一樣，他沒有回覆任何人的留言，也沒有新增東西。梁塵想到今天陸先生說的有溫度的聲音，大概就是像楊聲那樣的吧？又或者像這個Sheng。

她又點開聽了一次、二次、再一次。

真的很溫柔呢。

其實過了四年，她都快要忘記楊聲的聲音了，以前也沒想過要錄下來，現在記得的是那時候的感動和快樂，還有一種少女情懷。不過，如果還有機會讓她再聽一次，她一定還是可以馬上認出他來的。

梁塵聽見宿舍樓梯有很大的腳步聲，她看著電腦上播放的劇，一邊聽著那腳步在她的門口停下，接著門被很粗魯地插入鑰匙，用力打開。

梁塵扭頭去看，李方婷爽朗地朝她笑著說：「妳在啊！我早上出門的時候沒吵醒妳吧？」

「沒有。」昨天她認床，天快亮才睡著，之後大概就睡沉了。

李方婷走到自己的衣櫃，開始整理行李。

「我這幾天沒課，家教也調開了，我要和男朋友一起出去玩，週六晚上才回來，會記得給妳帶土產的。」她收拾完衣物，又帶上了化妝品，「我位子那些東西妳都可以用喔，不要客氣！」

她將筆電鎖進衣櫃，匆匆忙忙要走，「對了，我們這邊不能帶男生進來，但是明天晚上我男朋友送我回來，可能會進來坐一下，妳OK嗎？」

梁塵愣了一下，覺得李方婷滿有禮貌，笑道：「OK啊！」

「那我先走嘍。」李方婷旋風式地離開宿舍。

梁塵這時候才意識到，這個階段大家都是各自忙碌著。

她的座位靠牆，轉頭是一大片落地窗，淺黃色的窗簾遮不住外頭的驕陽，原來這間房間雖大卻是間西晒房，秋老虎發威她熱得冒汗，宿舍裡的冷氣太老舊，根本不夠涼。她打算再買一臺電風扇，很多東西都是當初準備的時候沒想到的……

ღ

週六早上九點，梁塵戰戰兢兢地從宿舍出發，早晨的校園空氣好，尤其是假日特別安靜，她的心情也好，雖然有一點點忐忑。

她到咖啡館門口的時候，發現店根本還沒開，只好又四處繞繞，看到一間賣生煎包的店，掏了掏口袋的零錢買了兩顆，走回店門口站在那裡吃。路上只有零星人車，她成了搶眼的風景。

剛出爐的煎包還熱氣蒸騰，她吹了吹，小心翼翼地咬下，專心吃著。

陸岳聲開車經過的時候，看到的就是這番景象。

他停好車之後，店門口的牌子也剛剛好轉成OPEN。梁塵手裡還有一個煎包。

陸岳聲走到她面前，她個子小又低著頭吃東西，沒注意到是他。

陸岳聲也不出聲，手就這麼插著口袋，看她吃成那樣，有點想笑，忍不住想，這個煎包到底是有多燙。

梁塵咬著煎包抬頭，就看見昨天那雙漂亮的杏眼，寬寬的眼摺像是剛睡醒的樣子，神情柔和許多。

陸岳聲今天沒戴眼鏡，看起來沒那麼嚴肅。她抿了抿油油的嘴，把剩下的半個煎包收起來。

「妳先吃完。」說完他推開門走進去。

梁塵兩口當一口把煎包吞下去，匆匆忙忙跟著進去。

陸岳聲脫下口罩坐得筆直，拿著菜單在看，劃完單把菜單遞給她。梁塵看他點了一杯熱美式，她喜歡比較不苦的飲料，點了一杯熱拿鐵。

服務生收走單子之後，梁塵拿出包包裡的東西放在桌子上。有鉛筆盒、還有一本字典。

陸岳聲看到字典的時候瞄她一眼，覺得這個女孩還挺上心的。

「昨天晚上妳的老師寄了去年的稿子給我，今年的內容不會差太多，我們就用這份來練習。」他從帽T的口袋裡拿出幾張紙。

「嗯。」

梁塵坐在對面聽他說話，忍不住去看他說話時認真嚴肅的表情。陸岳聲低垂著眼，左手撐著頭，背卻坐得挺直，長長的睫毛在黃光照射下形成兩道影子，在下眼瞼輕輕拍動，像兩隻黑色的蝴蝶。

她知道這樣不禮貌，卻忍不住想一直看他，陸岳聲有一種深沉的氣場，不說話也能引起別人的注意，可是梁塵覺得他從這個角度看上去更吸引人。

他的聲音很啞，還帶有濃濃鼻音。早晨的咖啡廳沒有其他客人，只有他們兩個，他寫字的聲音她聽得一清二楚。

「妳叫什麼名字？」他記得她好像姓梁。

「梁塵。」

「妳弟弟叫吉時嗎？」陸岳聲唇角上揚，輕輕地笑。

她抿著嘴看他笑，接著解釋，「我、我沒有弟弟，塵是塵埃的塵。」

陸岳聲笑得更開了，只是開個玩笑而已，她怎麼看起來這麼認真。

第一次看到他爽朗的笑臉，梁塵移不開眼。他不笑的時候正經八百，笑起來就變成爽朗的大男孩。

他讓她先練習斷句，她花了一些時間一行一行斷句，他就靠在椅背上，悠閒看著店外的風景。

天空很藍，像是剛被洗刷過一般乾淨，對面的校樹隨風搖曳，綠的、楓紅色的葉片輕輕晃動，縫隙間的陽光像一顆顆泛金光的珠子綴在樹上，耀眼奪目。耳朵好像還能聽見樹葉婆娑的聲音，這樣的天氣真的讓人很舒服。

梁塵把整理好的紙遞到他面前，陸岳聲看一看，又用其他顏色的筆做了些記號。

「口語的斷句指的不是標點符號，而是在標點和標點之間做更精緻的斷句，從句子處理到每一個詞的概念。」

梁塵看著桌上的紙，陸岳聲接著說：「這樣一來，即使沒有字幕，光用耳朵聽也可以聽得清楚在說什麼。」

她點頭，繼續做功課。

「妳對這些有興趣嗎？」他記得吳可寧提過她以前有相關經驗。

「嗯。」

「研究所學的多是理論，跟這些沒太多關係。」他想說的是，她為什麼想繼續升學？

她看了他一會，想了想才說：「其實我以前讀的科系跟這個無關，因為真的很喜歡，所以決定報考，增加一些知識吧。」

很有趣的女孩。他淺淺地笑了。

「為什麼有興趣？」陸岳聲把「趣」讀成輕聲，很好聽。

「嗯……我也不知道，很難形容。就是特別特別喜歡。」梁塵靦腆地笑。

他讓她練習讀出聲音來，慢慢調整、慢慢琢磨，沒多久就到了中午。

他揮手讓服務生再取來菜單。

「我請客，隨便點。」

「這怎麼好意思，您教我這麼多東西，應該我請您的。」梁塵恭敬地說。

陸岳聲沒有回答她。

她發現陸岳聲吃得很清淡，點的是蔬食，大概是感冒的關係，相反的，她點了一個滿滿是肉的套餐。

「您的感冒還好嗎？」她想是不是等一下要請他早點回去休息。

「沒事，就是咽喉炎比較嚴重。我去洗手。」他站起來走到後面的洗手間。

梁塵拿出手機，開始查學校附近的地圖，他一回來，她立刻把手機放回桌子上。

陸岳聲吃飯的時候很安靜，梁塵也不敢主動開口交談。

餐廳裡陸陸續續又進來了些客人，大家間或交談幾聲，還有杯盤刀叉敲擊的聲音。

突然餐廳裡開始放音樂，音響離他們有些遠，音樂不太大聲，悠悠地飄過來，旋律很熟悉，她卻記不起歌名。

「這歌……」梁塵抬起頭，覺得好聽。

「說散就散。」他吞下嘴裡的菜才說。

「啊？」她沒意會過來。

「歌名叫〈說散就散〉，是一首失戀療癒的歌。」

連這個他都知道？他到底是個什麼樣的人？

梁塵拿起手機想查原唱是誰，查到一半聽見陸岳聲說：「吃飯不要滑手機。」

她抬頭，好奇地問：「您喜歡聽歌嗎？」

「還好。」他沒有說那是自己的職業病，現在還是不免會特別留意這些。

我告訴我自己感情就是這樣，怎麼一不小心太瘋狂。

（〈說散就散〉詞：張楚翹／曲：伍樂城）

梁塵怎麼聽都只聽進這一句，在她心裡久久縈繞。

瘋狂的愛情嗎？她這輩子好像一直都很理智，就算遇到欣賞的男生也不曾主動靠近或追求。梁塵覺得有些人遠遠看著就好，真的接近反倒令人手足無措。

吃完飯，陸岳聲把自己的飯後甜點推給她。

「吃嗎？」他看她飯還沒吃完，就迫不及待吃著奶酪。

「您不吃嗎？」

「我不吃甜食。」

梁塵點點頭，接過他那一份。

他吞了藥，手握著玻璃淺杯看她吃。她飯吃得很慢，吃甜食倒是挺快的。

「好吃嗎？」陸岳聲看她吃什麼都很認真，吃什麼都好吃的樣子。

「還可以，我覺得奶味有一點點淡。」她喜歡吃很純很濃的那種。

「甜嗎？」

「其實不甜，您要吃吃看嗎？」

「不用了。」除了甜湯還可以接受，陸岳聲對這種甜食沒有興趣，只是看梁塵吃得津津有味。

桌上的碗盤被收走之後，兩個人看著杯中的水各自發呆。

過了一會他才說：「大概就是這樣，沒什麼事的話，可以回去了。」

梁塵點頭，在陸岳聲準備起身之前，先一步跑到櫃檯結帳。

陸岳聲第一次被比他小的女人搶著付錢，他的心情有點複雜，有點想笑。

她到底是什麼樣的腦袋構造？

梁塵結完帳走回來，陸岳聲已經站起來，兩個人並肩走出店外。

「今天真的很謝謝您。」

梁塵仰起頭，午後的陽光照在他的臉上，他眼睛瞇瞇的，雖然因為感冒而略顯憔悴，依舊是引人注目的精緻五官。她還發現陸岳聲有很漂亮的唇珠，笑和說話的時候，都讓她的視線忍不住飄到他嘴上。

她抿了抿唇，又心虛地揉了揉鼻子。

「那我先回去了。」梁塵向他道別。

陸岳聲嗯了一聲，兩個人轉頭各自離開。

梁塵掏出手機，打開地圖尋找學校附近的大賣場或五金賣場。她走在人行步道上，朝著上面的箭頭走，好像聽見有人在叫她。她抬頭看看前面又看看後面，都沒人。

一聲輕短的喇叭，梁塵看向馬路，是陸岳聲。

「怎麼了嗎？」梁塵走過去彎下腰，側顏的髮跟著垂下來。

「去哪？」他剛開上路就看到她邊走邊看手機，覺得很危險。

「我在找大賣場。」

「有車？」

「沒、沒有。」

「上車。」他坐正身子等她。

梁塵猶豫了幾秒。

陸岳聲側過頭，直勾勾地看了她一眼，「這裡不能臨停。」

「喔喔！」梁塵趕緊打開副駕車門上車，車裡還有新車的濃濃皮革味。

他單手握著方向盤，升起車窗，車子裡一片寧靜。

她不敢說話，打量著他的車子，裡面什麼擺飾都沒有，跟全新的一樣。

「去哪個賣場？」

「大賣場都可以，我想買點東西。」

車子駛過林蔭大道，秋日裡的太陽被綠葉篩下，金色的珠子閃閃發光。她歪著頭看前方，他突然打開天窗。

梁塵抬頭，心裡有一種說不上來的悸動，不知道是為了美景還是為了他。她覺得在這裡的生活或許奔忙，但這個時候有「朋友」在身邊一起去想去的地方，知道她在想什麼真的很不錯……

陸岳聲沒再說話，一路塞塞停停，開了三十分鐘才到。

看到招牌的時候，梁塵告訴他把車子停路邊，放她下車就好，陸岳聲沒理她，將車子開進停車場。

停好車，他關掉引擎，「下車。」

梁塵聽話地下車關門，明明是她要買東西，卻變成跟在他後面走。

今天真是奇妙的一天，奇妙到莫名其妙。

陸岳聲推了一臺推車，從入口進去。

「您也買東西嗎？」

「嗯。」他咳嗽幾聲，將口罩戴上。

「喔，等等我！」她也去推了一臺車過來。

兩個人一前一後推著車，梁塵腦子裡全都是要買回去的東西，深怕漏買了，過幾天又要再來一趟。

她在電器區選了一臺小電風扇。

陸岳聲走到她旁邊看了一眼，「這種不涼。」他指著另一臺，「這個比較好。」

梁塵聽他的話選了另一臺，沿途她又拿了個三人份小電鍋、幾個碗公和盤子。

陸岳聲雖是逛自己的，但兩臺推車的距離一直很近。他一回頭就看到梁塵推車裡的東西，戴上口罩的臉看不出情緒，待她走到身邊的時候他才開口：「妳這是打算要舉家搬來了？」

「不是啦！我想說這樣在宿舍會比較方便。」

陸岳聲沒再多說什麼。

梁塵又買了些罐頭，回頭的時候已經沒看到陸岳聲了。她在走道上東張西望，最後在生鮮區找到他才鬆口氣。

推銷員在走道上請人試喝調味乳，看見他們特別熱情，對著陸岳聲帥哥帥哥叫著，要他試喝。

「妳男朋友好高喔！」

梁塵在陸岳聲身邊顯得特別嬌小，她抿了抿嘴沒有回話，只是尷尬地笑了笑。

陸岳聲也沒說話，接過試喝品走了一段之後就遞給梁塵。可能是生病的關係，他的指尖很冰，梁塵原本還不懂他的意思，後來才查覺是他不喝。

到結帳區看到陸岳聲的推車空空的，只有一罐鮮奶。她之前真的以為他也是來買東西的……

梁塵二話不說，拎起他的大罐鮮奶跟自己的貨品擺在一起。

她笑著看他，「一起結吧！當作謝謝您帶我來。」計程車費都不只這個錢了。

陸岳聲輕輕地皺了下眉，還是什麼都沒說。

回程的時候，他幫她把東西拿上車。

「真的很謝謝您！」

「不客氣。」他今天被一個女生請吃飯，還被贈送一罐鮮奶。

車上氣氛有些尷尬，陸岳聲打開音響，放的是電影原聲帶，歌聲輕柔，梁塵開始找話題。

「您知道這地方有什麼必吃的東西嗎？」

陸岳聲看著前方路況，沒有反應。梁塵以為是他對話題不感興趣，又或者不是當地人。

「豆花。有一家豆花很有名，冰的熱的都不錯。」

「您吃過？」

「嗯，從妳學校正門出去，一直直走，過了一個天橋再直走就會看到。」

「你不是不吃甜食嗎？」梁塵沒注意自己忘記用敬稱了。

「這種的還可以。」傳統甜湯他還能接受。

陸岳聲又陸陸續續說了幾道這城市的必吃美食。

梁塵邊聽邊看窗外，路上的招牌越來越陌生，她出門的時候怕迷路硬記了地標，雖然她是路痴也發現回去的路和來的時候有點不同。

等過一個紅綠燈，陸岳聲朝旁邊看了眼，「今天沒開。」

梁塵趕緊扭頭，看到一個小招牌，真的沒開。

「喔。」真可惜，「沒關係，我下次再來就好。」她笑笑。

研究生的宿舍離學校後門比較近，梁塵讓陸岳聲開到那裡，到了門口他的車不能進去，他們一起把後車廂裡剛買的東西拿出來。

「拿得動嗎？」

「可以。」她捲起袖子，把一大袋提起來。

「對了！」梁塵掏了掏掛在肩膀上的包包，撈出一罐東西，「這個是中藥店配的，很好的喉糖。我從小就在吃，您不用怕是來路不明的東西，如果發炎一直沒轉好，就試試看吧！」

陸岳聲下意識地伸手接過，看了看那小罐子，一顆顆黑色的藥丸。

還沒來得及拒絕，梁塵就走了。

遠遠她回頭說：「再見啦！」

第二章　冰糖水梨

回到宿舍整理完東西，梁塵才想起自己沒有陸岳聲的聯絡方式。但他只是好心幫她一次，又不代表一定要教到好、教到會，能有今天這麼一次已經是意料之外了。

她拿出修改過的稿子收在資料夾裡，那上面有陸岳聲的字跡，下筆不輕不重，屬於瀟灑的行草。都說見字如見人，他到底是怎麼樣的一個人？

傍晚李方婷回來，她先放下行李，和梁塵打過招呼，確認房間裡沒有會讓男生尷尬的衣物之後，才下樓去把人帶上來。

門再度打開，梁塵轉頭和李方婷的男朋友打招呼，又繼續玩電腦。

剛剛只看了一眼，她並沒有把李方婷的男朋友看清楚，他的聲音似曾相識，她也不好意思再回頭去看。他們小聊一陣，她男朋友才走。

李方婷把土產拿出來放在小茶几，招梁塵過去吃。

梁塵坐下來，拿了一塊糕餅，上面還印著紅紅大大的店鋪名字。

「好玩嗎？」

「還不錯喔！我們去山上看夜景，很美。」李方婷說：「下次我們所上如果有要出去玩，帶妳一起去好了！」

梁塵笑了笑，覺得李方婷真的很熱情、很活潑，有這樣的室友好像真的不錯，她當初就是怕一個人住外面孤單才選學校宿舍。

「欸！妳有男朋友嗎？」兩個女生免不了互相打探彼此的感情世界。

「沒有。」

李方婷挑了挑眉，看起來很吃驚。

「雖然我大妳一年級，但是我重考過一年，所以我大妳兩歲。」李方婷喝了口水又說：「我已經二十五歲了，我看過報導，說這算是女人青春的顛峰期，再過一次生日我就要走下坡啦！可是我男朋友還要讀博士，這樣下去我肯定比他早出社會，老實說，我很怕。」

「怕什麼？」

「怕他一年年不畢業，我漸漸老去啊！我已經人老珠黃他才要跟我結婚，我有存款，他沒有，這樣不是很不公平嗎？而且男人都是很忠誠的，忠誠於二十歲出頭的女人！萬一他出社會之後和我分手，跟小妹妹在一起，那我這段時間不就白等了？」

梁塵明白李方婷心裡的不安，但她也不知道該怎麼說才好。

「感情好像就是這樣，等來等去的。只有在最剛好的時機，兩個人才有辦法走到婚姻。」

「妳說這話很有哲理耶！可是我的青春有限，全押在一個人的身上，真不知道是不是對的。以前年紀輕覺得談戀愛只要有愛就夠了，現在要開始考慮到婚姻，又是另外一回事……」

李方婷說話很直接，梁塵知道她只是想抒發內心的不安，並不需要她真的給什麼建議，何況在感情上交白卷的自己，也沒辦法給出任何建議。

在梁塵的認知裡，愛情就跟天地萬物一樣，不可能歷久不變。

海水不會枯竭，卻可能因為地球暖化淹沒陸地，再硬的石頭都會被風化，愛情怎麼可能永遠是愛情？曖昧悸動過後剩下的是什麼？大概就像李方婷說的那樣，太多尖銳的現實層面需要考慮，戳破了所有的粉紅泡泡。

「而且王維說如果以後結婚，他一定要跟家人住在一起，我就不想啊！覺得超煩的。」

「王維？」

「喔，王維是我男朋友的綽號，他本名叫王一維，現在在T大博一。」

王一維？這名字和剛剛的聲音，不會真的是那個王一維吧？

「你們怎麼認識的？」梁塵不安地問。

「入學後認識的。我們同年，但因為我重考一年，後來他就畢業了。」李方婷解釋。

梁塵心裡算著，他們同年，就是大自己兩歲，她高一的時候他們高三……

手機鈴聲突然響起，她看了看來電顯示，是媽媽打來的。

她接起電話走回書桌，梁媽媽叮嚀了些事，要她記得去拿包裹，應該這幾天會到。

掛了電話，梁塵打開YouTube，看最近迷上的大胃王頻道。

大胃王美女挑戰吃三十碗冰豆花，一開頭正介紹著豆花裡面的配料。粉圓、花生、芋圓加蜂蜜，看起來很好吃。

她也想吃，可惜今天豆花店沒開。

想到她隨口一問，陸岳聲就默默開車去豆花店的事，說過的話無意間被放在心上，梁塵心跳驟快。雖然他面冷，內心倒是挺熱的，是個體貼的人。

察覺自己又想起陸岳聲，這一點也不奇怪，像他那樣惹眼的男人，誰不會特別注意。不知道他感冒好了之後，聲音是怎麼樣的？吳老師說他是很厲害的人，想必是在相關產業裡很活躍吧？他沒主動提起的事，她也不敢問。

螢幕上的大胃王美女吃到第二十九碗了，吃這麼多美食都不會胖，梁塵好羨慕她。

她好想吃冰豆花。

梁塵一早有課，由於這堂課是必修，同學幾乎都到了。她找了個位子坐下，看向四周，大家都在低頭做自己的事。

梁塵只好打開筆記本跟著裝忙。手機的信件鈴聲響了，她急忙按下靜音鍵，是學校來的通知。

吳老師已經把她的名字呈報上去，學校讓她去量運動服尺寸和看稿子。

下課後梁塵又匆匆騎車到學務處，選完尺寸、溝通完稿子的事，突然想到家裡寄來的包裹還沒去領，整理一陣就下午了，午飯都還沒來得及吃。

她疲憊地打算隨便煮麵吃，翻出上週末買的罐頭，她才想到一件事。

開、罐、器！

她竟然忘記買開罐器！

她拿出罐頭逐一檢查，偏偏每一個都是要用開罐器打開。她當初買的時候怎麼就沒想到？

她懊惱地跪坐在地上，眼巴巴看著這些罐頭，卻沒一個能吃的。

走一段路去學校的員生社，滿頭汗找了半天沒找到開罐器，問了收銀員才知道根本沒進貨……

第一百零一次暗罵自己愚蠢，梁塵只好隨手買了蘋果麵包邊走邊啃，往宿舍走去。但進宿舍前她突然調頭，朝學生餐廳的方向走，穿過餐廳和幾棟樓走出學校大門。

她把吃完的塑膠袋丟進垃圾桶，抹了抹額頭上的汗，疲累地走過天橋。底下川流不息，橋上一個行人也沒有，她覺得自己好像被隔絕在另一個世界。

現在離日落還有點時間，梁塵抬頭看著低低的天空，覺得天氣有點陰，空氣很悶，各種刺耳的喇叭聲遠遠在響，提醒她還身在都市之中。

加快腳步，下天橋一路直走，到了那天陸岳聲帶她去過的豆花店。她還有點得意自己這麼快就找到。

一走進豆花店，她就看見陸岳聲站在裡面。

他也看到她，表情淡淡的，像認識又像不認識她。

梁塵走到他旁邊打招呼，「這麼巧你也來買啊！」

陸岳聲點頭。

梁塵想到那天的大胃王美女，暗自算了算自己能吃幾碗，最後點了兩碗綜合豆花。老闆說粉圓還在煮，問她要不要等。

這麼熱的天她都特地來了，怎麼可以空手而回，當然要等。

他們兩個站在一起，沉默地看著爐子。寸土寸金的地段，一間店面隔成兩家店，豆花店裡空間狹小，沒有座位、沒有空調，溫度很高。

梁塵的汗又滴下來了。

她抓抓臉頰，對陸岳聲說：「我去買個東西，等一下再回來。」

陸岳聲遲疑了一會才點頭，並沒有看她。

梁塵走出豆花店，懊惱自己為什麼要跟他交代去向？他們又不熟。

她在附近找到五金行，看到的都是陽春型的開罐器。她皺眉，肚子又開始餓了，一個蘋果麵包根本吃不飽。

回到豆花店，陸岳聲還在那裡，手上提著兩個塑膠袋。她走過去，他把其中一袋遞給她。

梁塵有些意外，陸岳聲竟然幫她買好了。

她伸手去接，「謝謝你，我給你錢。」她從口袋掏出小錢包。

「不用了，妳之前也請過我。」他的聲音聽起來還是一樣。

「我那次不一樣啦！那是我要謝謝你的——」

陸岳聲說不用，一副無所謂的樣子，不容質疑的氣勢讓梁塵瞬間閉上嘴，點點頭，把錢包塞回口袋。

她肚子好餓，口好渴，看著手上的豆花，正在猶豫是繼續去找開罐器，還是先吃掉它。

陸岳聲上了車，原本要開走，轉頭卻看到梁塵竟然打開豆花蓋子，就在騎樓下津津有味地吃起來。

他忍不住失笑。

這天氣熱得她滿頭是汗，長髮溼漉漉地黏在臉頰上，看起來狼狽又好笑。

陸岳聲手環抱著胸，好整以暇在車內看著她。

這個女人到底在想什麼？他百思不得其解。看她吃豆花那副樣子，好像在吃什麼人間美味，看得他都想吃了。

他降下車窗，對她輕按喇叭。

車子貼上不透明隔熱紙，外面看不到裡面。當車窗打開的時候，梁塵眼神飄過去，瞬間傻住了。

陸岳聲看著她笑得很開心，對她勾了勾手指。

她把手上那碗還沒吃完的豆花收回塑膠袋裡，尷尬地走過去。

「有什麼事嗎？」她用手背抹抹嘴，不知道陸岳聲找她做什麼。

「上車。」

梁塵已經不是第一次坐他的車，正所謂熟能生巧，她熟練地開門上車。

陸岳聲打開自己的豆花蓋子，開始吃豆花。

梁塵很想問他為什麼叫她上車？為什麼要在車上、在她面前吃豆花？

但是看著他吃的樣子，梁塵一個字也問不出口。

「冷氣夠涼嗎？」陸岳聲伸手抽出兩張面紙遞給她。

梁塵打了個冷顫，接過面紙乖乖擦汗。

「吃啊！在車上吃不是比較涼嗎？」

梁塵也吃著豆花，覺得這個情景真的很奇怪。

「你感冒還吃冰的呀？」她突然想到。

「去冰了。」這次感冒雖然嚴重，過這麼多天也幾乎痊癒了，他這幾天想吃豆花想得緊。

梁塵的上衣被汗浸溼，黏在身上有點不舒服。

「你知道電動開罐器要去哪裡買嗎？」

陸岳聲看她一眼，想了一下，「不知道。網路上應該可以買得到吧！」

梁塵點點頭。

他想到那天她買的一堆罐頭，「妳不會用開罐器？」又是上揚的輕聲語調，還有些驚訝。

她不好意思地乾笑兩聲。

「一定很多人都不會用好不好！而且電動開罐器一點都不費力，誰還要用手動啊！」梁塵努力辯解。

「妳知道菜刀也能開罐嗎？」

「不知道，而且那多危險啊！」她就只會煮些簡單快速的麵跟調理包，宿舍裡怎麼可能有菜刀。

「啊！下雨了！」

剛剛還在賭雨沒有這麼快下，不想又跑一段路回宿舍拿傘，這下好了，雷陣雨越下越大，豆大的雨滴打在車上，滴滴答答。

「妳知道嗎？萬一有天世界末日還是發生災難，妳就是那個明明擁有一堆罐頭，卻還是餓死在旁邊的人。」

梁塵知道他是暗地裡罵她蠢。

陸岳聲放下空碗，修長的手指輕敲方向盤思考，接著把車開出停車格。

「去哪？」

「教妳開罐頭啊！」

他說得認真，讓梁塵覺得不好意思。

陸岳聲在路邊買了一個開罐器，到學校後門，不能再開車進去，他撈出後座的傘和她一路跑進學校宿舍。

梁塵心裡感激陸岳聲送她回來，否則這樣的暴雨就算撐傘走回學校也早就溼透了。

梁塵敲過房間的門確認沒人在，才把門鎖打開，匆匆檢查過她和李方婷的床位，確認沒問題才讓陸岳聲進去。

陸岳聲讓房門大開著沒有關，梁塵看在眼裡，發現他的細心。

雨下得太大，兩個人的頭髮、身上多多少少還是溼了，梁塵拿了毛巾給他。

「乾淨的。」她遞出粉黃色的厚毛巾，心想如果剛剛她自己從後門進來，他就不會淋到雨了。

陸岳聲接過毛巾，擦了擦頭髮，原本整齊的溼髮變得亂亂的，好像剛睡醒的樣子。

梁塵瞄了一眼臉就熱了，暗罵自己太會遐想。

陸岳聲看到地上有幾個罐頭，拿了一個示範給她看，一邊說明施力的訣竅。

「懂了沒？」

梁塵似懂非懂地點頭，接過開罐器坐在他旁邊，賣力地開罐頭。

一開始很吃力，到後面根本推不動。陸岳聲講了半天，她不會就是不會。

「這個我真的有障礙，我再上網買電動的好了。」她像是怕被長輩教訓，囁嚅地說。

陸岳聲盤腿坐在磁磚地上，看她那副委屈樣，搖搖頭，突然就說不下去。

他看了看整個宿舍空間，「滿寬敞的。」

「對啊！聽說整棟樓就我們這排最大間，缺點就是這裡西曬。」

接近傍晚，雨還在下，滴答滴答敲打在梁塵的心上。

看著陸岳聲，她知道自己對他有好感，紛亂的雨滴在心中匯聚成河，澎湃奔流，但她極力掩飾這些波動，悄悄的、偷偷的。

房間裡還是有點悶，梁塵打開電風扇，對著他吹。

「對了，我拿到正式的稿子了。」她跑到書桌前去拿包包裡的資料夾。

陸岳聲接過去隨意翻看，「沒什麼問題吧？」

「嗯。」雨打在採光罩上，滴滴答答，越來越急。

「上次妳的介系詞拖得太長了，像這種沒有特別意義的字不必強調，雖然這不重要，但還是想提醒妳一下。」

房間裡傳來陣陣震動的聲音，陸岳聲掏出手機，看了螢幕才接起。

「嗯，我不進公司了。信我等一下看，明天十點開會討論。」陸岳聲滑開手機，皺著眉，專注看著螢幕。

梁塵就這麼靜靜地看著他。

從她的角度看過去，知道他在收信，從信裡點進去幾個時裝網站，有時裝雜誌也有網路購物平臺。

梁塵猜來猜去，還是不知道他在做什麼。

「這間店最近很紅喔！雖然不是大品牌，但是有很多潮人推崇。」

陸岳聲沒看她，手低靠在腿上，點點頭，繼續看著手機。

「如果有一款APP，介紹流行時裝、潮人穿搭，也讓素人分享穿搭風格，妳會有興趣嗎？」陸岳聲抬頭，他剛剛就注意到房間的衣帽架、移動式衣架上、椅背上都是衣服。

梁塵想了幾秒，「如果可以順便連結到穿搭的品牌網站會更好。」

「嗯。那妳會想下載嗎？」市調結果還沒出來，他很想知道像梁塵這種年輕女孩的想法。

「我記得這樣的平臺以前電腦上就有了，其實看來看去都覺得是商家在打廣告，而且會看和分享的大概就是同一群人，我後來也沒有再登入了。」

「我知道妳說的問題，這也是我們想突破的。」

「如果是我的話，我想知道國際時尚趨勢，也想知道小資穿搭，而且那種穿搭不是為了宣傳同一品牌，而是能給我更多選擇。」

「這樣的想法，就變成不能由商家自行穿搭拍攝。」

「對啊！雖然我沒有實際經驗，光用想像的我覺得也沒什麼不好。交由一個獨立的團隊去做，可能更有可信度，材質尺寸等等都要標示清楚，商家也想把最好的商品送過來，而APP從中收取點擊商家的網店連結費用或者成交費，也不吃虧。我覺得品牌一定要多元，各種風格，大牌小牌沒牌的都要有。」梁塵天馬行空、滔滔不絕地說。

「妳知道這樣要花多少錢嗎？」陸岳聲笑得很開心。

「唔……」

「這樣是砸大錢了。」他咳了聲。

梁塵乖順點頭。

房間裡沒有開燈，藉著外頭微弱的光，陸岳聲的臉忽明忽暗，像是一張漂亮的壁畫又或者是雕像，靜靜地立在那裡。

咕嚕——

她的肚子……梁塵尷尬地嘿嘿兩聲，劃破兩人之間的寧靜，「我今天忙到現在都還沒吃飯。」她解釋。

陸岳聲看著打開的罐頭，又看她。

「拿去冰在冰箱，我們出去吃吧。」

雨已轉小，他們各撐一把傘，一前一後走著。

「妳想吃什麼？」

「都可以啊！你想吃什麼？」梁塵跟著他走，現在只要能吃飽，吃什麼她都覺得很好。

「飯？麵？」

「看你啊。」她笑著看他背影一眼。

踩在雨中，陸岳聲轉頭看她。梁塵專注地看著腳下，想躲過每一處積水。

他們在離學校不遠的飯館用餐，有一搭沒一搭地閒聊。

梁塵說自己不愛吃魚，因為討厭魚刺，陸岳聲說他很會挑魚刺，把整條魚吃完，魚骨頭還是整整齊齊的。他提到過去有次在日本旅行，店老闆收盤子的時候稱讚過他很會吃魚。

梁塵聽了覺得不可思議，可惜這裡沒有魚，否則她一定會拜託他示範。

吃到一半，陸岳聲的朋友來了電話，讓他趕緊過去陪酒。

「老地方，我們等你，趕快過來！」

店老闆忽然走過來，給梁塵添茶。她很有禮貌地說了謝謝，電話那頭耳朵好，立刻起鬨。

「誰誰誰？是誰？說！從實招來饒你不死。」

陸岳聲捏著電話，看梁塵一眼，她眼睛睜得大大的，也看向陸岳聲。

「你老婆的學生，她讓我幫她一些事。」

「把她一起帶過來啊！成天在研究室裡面有什麼意思呢？讓她來，我請客！」

吳可寧也湊近電話喊著：「讓她來！叫她來陪老師喝酒！不然我——」

陸岳聲沒等他們說完就把電話掛了。

梁塵在旁邊只聽見電話那頭的人似乎很興奮，不知道剛剛他們在講什麼。

要帶她去嗎？陸岳聲心裡浮出這個選項，他覺得驚訝。

梁塵見他不說話，繼續低頭吃飯。

「去過酒吧嗎？」他在心裡算她的年紀。光看臉很容易以為她只是高中生，頂多剛上大學。

「去過啊！大一大二的時候滿常跟同學去聽歌的。」梁塵點頭。

「等一下有什麼事嗎？」

「我？」她想了幾秒，「回宿舍吧。」

「妳想去酒吧嗎？我朋友開的，他們在那，還有妳的吳老師。」

聽到吳可寧也在，她嚇了一跳，遲疑地看著他。

「老師也讓妳去。去嗎？」

她抿嘴想了想，「去。」

吃飽飯，梁塵跟著陸岳聲來到那家酒吧。這間店位在小巷子裡，很隱密，路上也不熱鬧，她站在門口，聽見裡頭傳出陣陣令人陶醉的爵士樂。

陸岳聲領著梁塵進去，店不大，一眼望過去整間店一覽無遺。今晚只有三桌客人，吳可寧一群人在和吧檯裡的人聊天，看起來很開心。

梁塵走向吧檯，跟吳可寧打招呼。

「你們來啦！」她熱情地把梁塵拉過去，讓她坐在自己旁邊。

「你們今天在一起啊？」吳可寧這話說得讓梁塵浮想聯翩。

梁塵結巴解釋，「剛好遇到，就、就討論了一下事情。」她怎麼覺得心虛？

「欸！陸岳聲，你有沒有把她教好啊？沒教好小心我用鞭子抽你！」吳可寧探頭看著拿著水杯的陸岳聲。

陸岳聲無奈地看她一眼。

王晉東笑著問梁塵：「小妹妹，妳幾歲呀？」

梁塵看他，有些不好意思。

吳可寧趕快伸出手來在空中揮了揮，「這位是我先生。」

「師丈好，我叫梁塵，今、今年二十三。」

王晉東在心裡算著，用只有兩個人聽得到的音量對陸岳聲說：「差六歲呀？」

陸岳聲又白他一眼，要他不要鬧。點了一杯Gin Tonic送到桌上，看了看並沒有喝。

「要喝什麼？老師請客。」吳可寧說這間店是她和陸岳聲的共同朋友開的。

「我不太會喝酒。」

吳可寧幫她點了一杯Sea Breeze，「這個酒精很低，好喝。」

梁塵禮貌性地淺啜一口，真的滿好喝的，很像果汁，不過她還是不敢多喝。

王晉東聊天喜歡東拉西扯，非常會交際。他問梁塵要不要賺外快，陸岳聲那個組最近應該很缺人，可以過去打工。

吳可寧拉著梁塵說她缺TA，要預訂她的下學期。

梁塵覺得都是學習的好機會，很開心地答應，王晉東還讓梁塵報出手機號碼，讓陸岳聲記下來，回頭如果有需要就找她去上工。

陸岳聲深深看她一眼，在嘈雜的人聲中，慢慢用手機記下她的號碼，按了撥出鍵，她的手機傳出悠揚鈴聲。

「工讀生的工作不會太複雜，盡量不影響妳學業。」王晉東說。

「哈哈！晉東他很會壓榨員工喔，陸岳聲的話我就不知道了。」吳可寧笑道。

梁塵聽到王晉東說他們之間有人失戀了，桌上已經有好幾個空酒杯。陸岳聲搭著那人的肩拍了拍，也勸了幾句。

旁邊一桌正好有個長髮女人和朋友在聽歌閒聊，背影看上去很不錯，王晉東便慫恿他去向對方搭訕，認識一下也沒什麼不好。那人藉著酒膽真的去了。

王晉東拉著撐著頭聽歌的陸岳聲坐到另一桌去，兩個人表情越聊越嚴肅。

梁塵轉頭看他們，忍不住問：「老師和師丈跟陸先生好像都很熟？」

還沒回頭就聽見吳可寧對她說：「我們在讀博的時候陸岳聲是碩二生，因為一個跨系計畫認識的。後來在我先生公司草創期，他成為公司的股東，最近打算自己負責一個計畫。」

梁塵點頭，在唇邊又沾了口酒，吳可寧要她別拘束。舞臺上的表演換成了男女對唱，梁塵聽著歌邊和吳可寧閒聊，聊校園也聊這家店，都是很安全的話題。

另一張桌子，王晉東問起陸岳聲組新團隊的事，又說起他那個唱歌APP最近辦的新活動。

「欸！你上次那樣玩效果還不錯，不到四小時點擊就破千。別忘了上次打賭你還剩下幾次，別拖拖拉拉，我記得清清楚楚啊！趁著熱度還在，我覺得可以考慮辦一場海選活動，之後就在裡面開一個空間做互動也滿好的。」

在這個繁忙的世界裡，現在的人孤獨也寂寞。

如果有一個互不相識的空間，沒有應付客套，不用對誰陪笑，可以單純抒發情感，這種虛擬的世界經過大數據的驗證，是受到歡迎的。

陸岳聲沒回答，垂著眼看著自己的酒杯。

「你那件事情，我們都覺得不會有什麼大的影響，你根本不必在意。」王晉東又說。

陸岳聲輕輕勾起嘴角，抬眼就對上梁塵的眼睛。被發現她正在看他，梁塵匆忙收回視線。

陸岳聲抿了口酒，舔舔唇。

「我對之前的企劃已經沒興趣了，現在我想做別的。」他將那杯Gin Tonic一飲而盡，木吉他惆悵的樂聲獨鳴在這昏黃的深秋。

梁塵還在為剛剛被陸岳聲發現她的視線而心慌，肩膀被人一拍，她嚇一跳，猛然回頭。

陌生男人對她燦然一笑，想邀請她喝一杯。

梁塵紅著臉搖了搖頭拒絕他。但那男人鍥而不捨，還在她旁邊企圖攀談。

吳可寧在一旁偷笑，附在梁塵耳邊說：「大家都是成年人了，聊聊天也沒什麼不好，老師在這裡保護妳啊！」

梁塵很尷尬，腦子裡一團混亂，不清楚現在到底是什麼情形……

陸岳聲從位子上站起來，朝梁塵走去。

明明才幾步的距離，她卻覺得畫面像放慢了一般，他的每一個動作、每一個表情都清晰可見，她也不明白自己到底想從他身上讀出什麼，但她的心臟怦怦亂跳。

陸岳聲輕拉梁塵的手臂，「走吧，我送妳回去。」

她像是討到救兵，連忙點頭，匆忙道別就跟著陸岳聲走了，留下吳可寧和王晉東面面相覷。

陸岳聲喝酒不敢開車，把車留在原地，招來一輛計程車讓梁塵先上去。

他坐進去，和她只隔著一條手臂的距離。

不知道是不是酒精的關係，梁塵覺得心臟一直沒規律地亂跳。在光影雜沓間，她看見陸岳聲放在腿上的手，漂亮的大手骨節分明，她又看了自己的手，握住拳，不敢講話。

陸岳聲轉頭看到她的側臉，她的鼻梁很高，輪廓立體。

梁塵打了一個噴嚏，他才發現涼冷的秋夜裡，她只穿了一件薄長袖。

車子抵達學校門口，陸岳聲本想把身上的外套脫下來給她穿，想想又覺得這樣的舉動太過親密，打消了念頭。

他送梁塵下車，對她說：「趕緊回去，洗個熱水澡。」

「好，再見。」

梁塵一路跑回宿舍，看到李方婷竟然在，才知道現在已經午夜十二點了。

時間過得這麼快，她竟然都沒意識到。

「妳跑去哪啦？」李方婷很驚訝，一般她打工回來梁塵都會在的。

「跟老師出去了。」梁塵又打了個噴嚏，迅速從衣櫃拿出衣服衝進浴室洗澡。

隔天陸岳聲進辦公室，花了點時間看完他辦公桌上的資料，上網瀏覽相關資訊。開會時，小組的幾個人圍著長方形桌子依序報告。

這公司剛起步的時候是專門幫人做開發外包，王晉東的溝通能力好，公司的發展雖艱難，前年也逐漸雲開月明，這幾年王晉東自行開發樂歌APP，他們才開始有屬於自己的東西。眼看樂歌發展得越來越好，公司的資源也越來越多，是時候趁勢開發其他商品。

陸岳聲想結合時尚趨勢做出一個有別以往的分享平臺。如果只是讓素人分享穿搭，平臺的發展肯定很快會產生瓶頸，要如何做出區隔不被取代，被大眾愛用才是最重要的。

團隊人員分析出現在同質性APP的目標受眾、主打的功能和置入的廣告商有哪些。

其中一人認為可以花錢請幾個當紅的街拍、穿搭紅人駐站，分析了他們的粉絲群和可能帶來的效益。

「靠上站人數來累積大數據絕對可行。」

一開始陸岳聲就是想利用會員註冊的各種資料，例如：身高、年齡、體重、居住城市、平常逛的網站、買過的衣服等等數據給予穿搭建議。

「另外，有沒有可能找到可以合作的平面媒體？」他想起梁塵的話，只靠素人分享不能吸引人，大品牌的時尚資訊也是必要的，現在還沒有辦法建立自己的時尚指南資料庫，何不尋求平面媒體的力量，一起合作，互相幫忙？

會議室鴉雀無聲。

「目前幾個高級時尚雜誌有創辦電子報……或者把當期重要資訊放在網站上。」其中一名女員工吶吶地說，她不是很確定陸岳聲要的是什麼。

陸岳聲沉思了一會，「也許可以尋求合作，看用什麼方式把他們這些東西拿過來用。」

女員工推了推眼鏡，心裡想，老闆想得可真輕鬆。

陸岳聲看她一眼，「有話就說。」

女員工捏著原子筆，緊張地說：「獲得資料和數據，把高級時尚和平價時尚整合好之後呢？要怎麼活用？」

陸岳聲沒有移開目光，看得女員工發毛。

她是不是說了什麼讓老闆生氣的話了？

「大家回去好好想想，過幾天我們再討論。找網紅來駐站是必要的，我也傾向和平面媒體合作，你們去找看看有沒有這種可能性。」

老闆出了難題，眾人急忙離開會議室去執行。他們對於被分到這個團隊，要做一些不是很擅長的主題感到很頭大。

一群人魚貫離開後，陸岳聲拿起放在桌上的手機，撥了通電話。

電話那頭沒有人接。

他除了有求於人之外，找不到一個人是絕對不會再找第二遍。電話被他收進口袋裡，也沒再放在心上。

下午，工作告一段落，手機剛好響起，陸岳聲拿出來看，是他早上找的人。現在才回撥？

「喂？」他的聲音響起，像大提琴般沉穩的中低音傳進她的耳朵。

「您找我？」梁塵很小聲地問，像是氣音。

陸岳聲歪著頭看螢幕，喝了口咖啡才慢悠悠接起。

「對。」他本來想親自問她什麼時候要來公司，到了下午便打消念頭，回頭再讓人跟她聯繫，他可不擅長「找人」。

「什麼事嗎？」梁塵聲音悶悶的，十分不清楚，像是躲在棉被裡。

「沒事，我再叫人跟妳聯繫。」他正打算要說再見，電話那頭的她突然喘了起來。

「等一下！」梁塵急道。「陸岳聲。」

她第一次連名帶姓叫他，陸岳聲頓了一下。

「我感冒了……」她的聲音沙啞，聽起來很難過。

陸岳聲捏緊電話，聽見她重重的呼吸聲。

他放輕語調，「看醫生了嗎？」

「看了。」

「有沒有好一點？」

「越來越嚴重了，」她聽起來像是要哭的樣子，「而且，還有三天就運動會了……」

怎麼辦？她的喉嚨半夜痛得連嚥口水都吃力，現在是不太痛了，但是像是積了厚厚的痰，發聲都吃力。

陸岳聲想到前幾天兩個人時常在一起，她昨天晚上還吹了風，就算不是被他傳染感冒，自己也責無旁貸。

「妳室友在嗎？」

「去打工了。」

「妳先休息，我等一下過去。」

陸岳聲到超市買幾罐運動飲料，又買了一些食物和水果，車開到校門口的時候突然想到什麼，撥了通電話。

梁塵躺在床上，覺得口渴想吃蘋果，全身發懶又不想動。手機一響她接起來，就聽見那頭說：「我是吳老師，管理員讓我進來了，妳開個門。」

她一聽嚇一跳，起身去開門。

吳可寧扶住虛弱的梁塵，把一袋東西放在簡陋的和式桌上。

她探過梁塵的額溫，確定沒有發燒，詳細問了病況，又給她倒水、削蘋果。

「謝謝老師。」梁塵離得很遠，怕把感冒傳染給老師。

「不要客氣。」吳可寧把剩下的蘋果冰進冰箱，「其實這些東西都是陸岳聲買的，他怕妳病中不方便，也沒辦法單獨進來宿舍，才託我來，等妳好了別忘記謝謝他。」

原來……陸岳聲是真的來過了。

吳可寧待了一會就走，讓梁塵好好休息。

她躺在床上，突然就睡不著了。看著手機那串屬於陸岳聲的電話號碼，給他發了封感謝訊息。

那邊沒回，梁塵的心就懸在那裡。不知道是藥的關係還是身體虛弱，她很想睡，中間好幾度驚醒，迷迷糊糊中她記得手機有響過，伸手從被窩裡撈出來看。

「多喝水多休息。」

她看著螢幕心想，這就是陸岳聲啊……

她好像開始慢慢了解他了。

梁塵吃完藥之後又去看病，醫生說喉嚨的問題是鼻涕倒流，她的聲音現在就像公鴨叫。

這天上完課，梁塵在宿舍裡接到陸岳聲的電話，要她出去一趟。

梁塵走出宿舍看見陸岳聲站在門口，手上拿個保溫罐。

看她臉色還有點蒼白，他問：「有好好吃飯嗎？」

「有。」

陸岳聲把手上的罐子遞給她，「冰糖水梨。聽說對感冒咳嗽、喉嚨不舒服很有效，試試看。」

梁塵不敢抬頭看陸岳聲的臉，她的手緊緊握住保溫罐，覺得很暖很暖。

他雖然看起來嚴肅，有時候還很高傲的樣子，其實心挺軟的。

她用濃濃的鼻音用力「嗯」了一聲，低下頭隱藏自己因他而感動的眼神。

「明天運動會？」

梁塵點頭。臨時換人是不可能了，不管她的喉嚨行不行，都只能硬著頭皮上臺。

「不用緊張，事情沒有這麼嚴重，只是個運動會而已，只要平平穩穩地把話說完就行了，聲音好不好聽……也不是那麼重要。」陸岳聲站在宿舍前的花圃邊，紅玫瑰正盛開著。

她仰頭看他，他的表情很淡，就跟平時一樣，看不出太大的情緒。

「好。」梁塵擠出一個微弱的字，聲音出奇難聽，她也不怕被陸岳聲聽到，真實的情況就是這樣。

「多喝水，晚上早點睡。」

「嗯，謝謝。」

陸岳聲沒再提她感冒的事，兩個人都因為詞窮而沉默，氣氛有些尷尬，旁邊的自動門突然打開，一個女生走出來經過他們身邊。

最後是他開口，讓她進宿舍好好休息，才結束這場無聲的尷尬。

梁塵把保溫罐放在書桌上打開來看，裡面熱氣蒸騰，看起來很好吃。她用湯匙挖一勺放進嘴裡，瞬間化開，香甜在口中四溢。

好甜！

一個不算太熟的男人，為她燉了一罐冰糖水梨。

想到這件事，梁塵的心裡其實很複雜。

她無法釐清自己到底是感激、感動，還是別的情緒，可是這又能代表什麼呢？

陸岳聲只是關心她明天的工作能不能順利完成，能不能向吳老師交代，除了彼此工作上的事，梁塵對他一無所知。他是個好人，而她是吳老師託付的「工作」，僅此而已。

她還可以對他有其他遐想嗎？

即使陸岳聲的一舉一動能輕易吸引她的目光，她卻連他有沒有女朋友、是不是已經結婚了都不知道。

將湯匙含在嘴裡，梁塵在電腦上搜尋冰糖水梨的食譜，原來皮是故意要留下來的。看見製作的步驟，她便想像陸岳聲切水梨、往裡面填冰糖的樣子。

梁塵聽人說過感冒咳嗽吃冰糖燉梨有用，但這輩子還不曾吃過。沒想到第一次吃，還是一個男人燉給她吃的，她想，這件事足夠自己記上一輩子。

事實證明喉嚨痛，並不會因為一顆水梨而痊癒。

運動會當天，梁塵還是帶著低低粗粗的嗓子去操場，測試麥克風的時候，她聽見陌生的聲音從喇叭傳出來，在偌大的操場迴盪，她安慰自己這聲音其實還滿有磁性，也算特別吧！

開幕典禮結束，操場中央各種田徑項目的選手正在報到，臨時狀況一發生就需要緊急廣播，梁塵看著桌上的紙條，一張一張播報，原先有點緊張，過一陣子漸漸也就適應了。

忽然桌子上砰的一聲，擺了一個保溫瓶。

梁塵轉頭一看，是陸岳聲。

她關掉麥克風，「你怎麼會來？」

「來找你們老師，順便過來看看。這是羅漢果加膨大海，喝了開嗓。」早晨的驕陽下他戴著墨鏡，她看不到他的眼睛。

「謝謝。」

陸岳聲對她比了個走了的手勢，逐漸走出她的視線。

梁塵看著他直到變成很小很小的一個黑點，消失在操場上，她捏著手裡的紙條，被旁邊的學生催促著。

操場喧騰的青春正飛揚，金屬色的長型保溫瓶在陽光下閃閃發光，她伸出手緊緊握在手上。

比賽活動在下午五點結束，梁塵收拾東西，向大家道別離開。走在操場邊，她還拿著那個保溫瓶，瓶子已經洗乾淨了，想要連同昨天的罐子一起還給陸岳聲。

她不知道現在他在哪裡，撥電話給他，心裡莫名緊張，電話響了幾聲後接起。

「我是梁塵。您還在學校嗎？」

他沉默了一會，才說：「在。」

「您在哪裡呢？我把兩個罐子拿過去還，可以嗎？」她聽見他那邊的聲音有一點吵雜。

「我在操場看臺。」

掛了電話，陸岳聲坐在看臺上，看著來來去去搬器材的學生，還有拆布棚的工人們。他今天並沒有去找吳可寧，在校園裡的咖啡廳吃完早餐，隨便閱讀完一本書之後又回到了操場。

校園的廣播設備和場地的緣故，其實根本聽不出來梁塵的音質好不好。不過她確實是個可造之才，輕易就能改掉發聲上的舊習慣，提點過的部分她都做得到，而且做得很好。

陸岳聲不知道自己為什麼又走到這裡來，他並不是要來看梁塵在運動會上的表現。向晚時分，廣闊的天空殘存一小片綺霞。梁塵逆著散去的人潮朝陸岳聲走去，涼風吹散她的長髮，輕柔飄逸。

梁塵遠遠就看到他，那坐得筆直的身影在看臺上很顯眼。

陸岳聲就這麼一直看著她走來，站在他眼前。

「我剛剛跑回去拿，都洗好燙過了。」梁塵抬起細細的手腕，在大背包裡撈出兩個罐子。

陸岳聲第一次仰頭看她，逆著光的臉，飛揚的髮絲，他開口輕輕對著她說：「這麼多妳讓我怎麼拿？」

運動場上已經沒半個人影，只剩下他們。陸岳聲起身讓她跟上。

走到校門口，梁塵很想問他到底要去哪裡？

直到看見他那臺黑色Lexus，他打開車鎖，開了副駕的門。梁塵把兩個保溫瓶放進去，想想放在椅子上開車時可能會滾下去，又彎腰放到了地上。

「妳在幹麼？」陸岳聲看著她的行徑，覺得匪夷所思。

「您不是拿不了兩個嗎？我幫您放車上。」她恭敬地說。

陸岳聲噗哧笑出來，大掌壓在她的頭頂揉了揉。

「上車！」他繞到駕駛座去。

梁塵猶豫了一會，才坐上去。

「您要帶我去哪裡?」她有點緊張。

「賣掉。」

「啊?」她錯愕地看著他,沒想過他會開這種玩笑。

陸岳聲搖了搖頭,「妳是不是很少跟異性相處?」

梁塵嚇一跳,他怎麼知道?難道她臉上寫著沒交過男朋友嗎?

陸岳聲淺淺笑了,像她這樣老實巴交,有時讓他覺得好氣又好笑。

他帶她去吃飯,給她點蝦、點雞湯,點了一桌子菜。

「想吃什麼甜點自己點。」

梁塵的臉從菜單後面露出來,「已經點很多了。」

這間餐廳看起來不是普通的飯館,菜單上面也沒有價錢,她不敢亂點。

「沒關係,妳盡量點,今天日子特別。」

「今天是什麼日子?」不就是校慶嗎?難道跟他有關係?

陸岳聲把菜單交給服務生,撐著臉,歪著頭看她,「慶、功、宴。」

梁塵一聽,有些不好意思。

她看到服務生還拿著筆在旁邊等,趕緊點了一個紅豆甜糕,等服務生走了才說:「哪有什麼好慶功的,還麻煩您。」

「給妳點了雞湯,這家的雞湯非常好,喝了會增強抵抗力。」

梁塵突然就不知道再說什麼推辭他好意的話了。

「謝謝，您對我真的很照顧。」原本只是指導她，現在連她的身體都照顧到。

陸岳聲坐姿輕鬆隨意，手背撐在下巴，「那是因為，」他看梁塵一眼，「前陣子我不是感冒嗎？總覺得妳感冒……我也有責任。」

「喔。」她掩飾自己聽到答案的尷尬，了然於胸。

原來是這樣。

「您別在意，我感冒是因為那天晚上沒穿外套又喝了酒……」

「那也是我的緣故。」

小包廂隔絕了外頭的喧嚷，他們太安靜，隱隱聽得到活動隔間牆後面杯盤碗筷的聲音。

梁塵習慣性地把落在頰邊的髮塞到耳後，希望快點上菜，不然兩個人這樣面對面乾瞪眼實在很尷尬。

果然陸岳聲就當她是個被託付的責任，僅此而已。

「看妳什麼時候有空就來我們公司吧！我會把地址發給妳，說要找第二小組就可以了。」

「好。」梁塵點頭，兩人又陷入沉默。

「妳都不會好奇時薪怎麼算，或者一週要上幾天班嗎？」

「還、還好。」就算她好奇想問，也不敢直接問他啊！

「妳很容易被人賣掉。」

「呵呵，您看我現在不也活得好好的嗎？」她才沒有那麼笨。

「那是妳一直被保護得很好吧！」

聽到這句話，梁塵抓抓臉癟著嘴，沒再回答。

菜陸續上桌，他讓人把雞湯放在她面前，要她認真喝完。

一大鍋湯梁塵小口小口認認真真喝，也只能喝個五成，剩下就是進陸岳聲的肚子。雞湯湯色鮮白，濃郁不油膩，也沒有腥味，雞骨頭都燉化了，是道下功夫的菜。

她邊吃其他道菜，越覺得陸岳聲是個很懂生活的人。她從來不會去到處挖掘美食，通常都是人家說好吃，她就吃。爸爸媽媽買什麼給她吃，她都不太挑食。

「您常來這裡吃嗎？點的菜都好好吃。」

「這家店我吃了很多年，還不錯。不需要太花俏的手法，東西新鮮，用心料理就夠了。」

梁塵咬一口紅豆糕，馬上瞪大眼睛，讚歎地說：「這、個、好、吃！」

紅豆好綿密，跟著糯米糕的澱粉混著唾液融化在舌頭上。雖然感冒讓她味覺稍微變得遲鈍，她還是覺得這些料理好吃得不得了。

桌上的菜幾乎被他們掃光，梁塵雖然已經吃飽，但是吃甜食的胃好像是另一個，一盤紅豆糕被她吃掉一半，好多天胃口沒這麼好過了。

陸岳聲發現梁塵很愛吃甜食，奶酪、豆花、紅豆糕都是甜膩膩的東西。

雞湯喝太多，梁塵想上廁所，出包廂問了洗手間位置，就看見李方婷從附近包廂走出來。

「妳怎麼在這裡？」李方婷驚訝道。

「和朋友吃飯，妳呢？」

「家教學生上學期成績不錯，家長請吃飯。欸！等一下妳怎麼回去？」李方婷問。

「應該是朋友載……」

「喔，原本我是想如果妳要自己回去，我可以載妳啦！」李方婷笑得很親切。

「謝謝妳，回宿舍見。」梁塵親暱地拉拉她的手臂，覺得自己很幸運，能有李方婷這樣的室友，就像個姊姊一樣照顧她。

回到包廂，梁塵興奮地說她剛剛在外面遇到室友。

「好巧喔！就這麼遇到了。」

陸岳聲喝著熱茶，在茶香瀰漫間看著梁塵因巧遇而興奮的臉。

「我的室友非常厲害喔！她是數學所的，除了課業，幾乎每一天晚上都有兼家教，忙得不可開交，我經常只有睡覺前才會看到她。」

梁塵放在桌上的手機突然嗶嗶兩聲。她拿起來看，沒幾秒陸岳聲的手機也響了，是一樣的提示鈴。

陸岳聲把聲音關掉，是樂歌APP活動上線的提示。他看梁塵一眼，難道她也在玩這個？到時候她來公司，如果發現樂歌就是王晉東做的，不知道會是什麼反應？

他嘴角微揚，將手機塞進口袋，領著梁塵出去。

她吃得太飽，提議到附近公園走走，陸岳聲不反對，跟著她在公園裡繞繞。

「您的計畫還順利嗎？」梁塵找不到話題，只好又講到關於他的那個計畫。

「還行吧！找了幾個大雜誌社談合作，可以省很多力氣。」

梁塵點點頭。

陸岳聲注意到她身上穿的不是白天那套運動服，薄毛衣配金屬色百褶長裙，是今年秋冬正流行的。

「妳對穿搭有興趣？」

「嗯？」梁塵不明白他的意思。

他比了比她身上，「時髦。」

「喔……算是有點興趣。」突然被他注意到自己的穿搭，她有一點點不自然。

「我大學的時候每天都讀一本穿搭雜誌，如果沒雜誌可看我就上網看街拍，就這樣持續了四年。」加上愛打扮之後，她也開始蒐集飾品、學著搭配衣服。

「這麼有毅力？」陸岳聲說。

回推年分，她大一的時候，正是他上碩二那一年……

那是忙碌也混亂的一年，那些曾經進駐過他生命的臉，一一浮現在腦海裡。

「我那時候是閒吧，時間很多。其實以前對穿搭、配色根本沒概念，都是媽媽一套套配好我就穿什麼，直到上大學發現同學都上網買衣服、逛街，我就覺得自己像是打開新世界的大門。」

陸岳聲轉頭對著梁塵笑，覺得她很喜歡講一些奇怪的話。

她又說：「我覺得穿搭是一種禮貌，打扮要符合自己年齡，穿得讓人看起來舒服是一種藝術。穿搭也是一種態度，要找到最適合自己個性的風格，而不是隨波逐流。」

「妳現在穿的不就是當季最流行的嗎？妳這不是隨波逐流？」

「其實這條裙子不是當季新品，是我媽媽衣櫥裡的舊裙子。」

陸岳聲笑道：「那妳覺得我適合什麼風格？」

「你的風格你自己決定啊！」

陸岳聲停下腳步，很認真地看著她，「妳這句話可以當品牌slogan。」

「我隨便說說的啦！」梁塵的手焦急地在空中揮了揮，要他千萬別當真。

他笑得眼睛都瞇起來，梁塵覺得他笑起來更好看了。

其實陸岳聲樣子很陽光，應該是個活潑開朗的人，難道是出社會久了，個性變得嚴肅嗎？

陸岳聲開車送她到校門口，在車上把打包的紅豆糕給她。

梁塵知道他不吃，也沒推辭，開心地收下。

回宿舍時，發現李方婷竟然還沒回來。

第三章　當你走在我身邊

梁塵洗完澡，看完明天上課要預習的內容，點開手機，想到自己已經好幾天沒登入樂歌。

她進入APP，在站內繞來繞去，看一看自己收藏關注的人唱了哪些新歌，又搜尋了那個叫Sheng的人。

到了他的首頁，十分鐘前有一首新歌上傳了。

梁塵興奮地點開，迫不及待想聽他的聲音，不知道他又會說些什麼？

「濃情蜜意的日子在爭吵中耗盡了激情，磨合也磨不了彼此針鋒相對的心。食物有保鮮期，愛情也是，你不會勉強去吃一塊過期發霉的麵包，為什麼要逼自己接受一段腐敗變質的愛情？」

大概是他的週遭還有其他人在，也或許是想營造一種呢喃的氣氛，梁塵發現Sheng這兩次都是刻意壓低嗓子小聲說話。

「我知道你總背對著他哭，在人前強顏歡笑，在他面前偽裝成不在乎的樣子，你說，痛著痛著也就麻痺了。你還說，每愛一次，你在感情上就成長一回。這不是很棒的收穫嗎？他沒辦法陪你走到天荒地老，至少也伴你走過萬水千山，即使現在成為陌路，一輩子也就那麼長，放過彼此吧！接受這段愛情已經逝去，也許是僅存的退路。」

他說話很溫柔，好像真的在勸一個老朋友，音樂響起，Sheng開口唱歌。

我們都接受，一定是彼此不夠成熟，在愛情裡分不了輕重，誠實得過了頭，不能後退也無法向前走。愛是一個自私的念頭，把寂寞消除的理由，剩下的那些感動，能記得多久？

（〈接受〉詞：阿管／曲：林毅心）

降調的男低音，輕輕細語，一點點嘶啞像是經歷過滄桑。

梁塵看著那湛藍一片的頭像，心情也被他感染，猜想Sheng是不是有一個剛失戀的朋友？

門突然打開，李方婷腳步不穩醉醺醺地回來。

她倒在床上，連平時一定會說的那句「我回來了」都沒說。

梁塵走到李方婷床邊，看見她用手臂遮住眼睛，耳際的髮溼溼的。

「妳怎麼了？」她擔心地問，難道是被學生家長灌酒？

李方婷搖頭，手還是擋在臉上，「我沒事。」

「有事要說喔，看妳這樣我很擔心。」梁塵見她還是遮著眼睛沒說話，只好回去躺在自己的床鋪看著她。

過了一會，李方婷拿了毛巾衣服去洗澡，她瞥見她哭紅的臉和雙眼。

先前在餐廳碰見的時候，她不是還好好地在吃飯嗎？怎麼沒多久的時間就變成這樣？

李方婷在她心中一直是活潑開朗的人，她不願意說，梁塵也不可能再追問，只能躺在床上不斷地猜，越想越擔憂。

李方婷桌上的手機響了，一遍又一遍，每一次都響很久，像是很急的樣子。她起身走到李方婷書桌邊，看了一眼，來電名字是「北鼻」。

梁塵腦中突然閃過一個不太好的想法，她緊張地舔舔乾澀的嘴脣，把手機拿到浴室門口。

浴室裡蓮蓬頭的水聲很大，梁塵拔高音量對李方婷說：「好像是妳男朋友找妳，很急！」

李方婷關掉水龍頭，浴室裡只剩下滴滴答答的水聲。

過了一會她才說：「我不接，放回去吧！」顫抖的聲音在浴室迴盪，有些淒涼。

梁塵把手機放回李方婷桌上，心裡忐忑。

果然是感情問題啊……

李方婷頭上包著大毛巾走出來，兩顆眼睛腫得像核桃，吹乾了頭髮，那支手機又開始響。

她氣憤接起，朝對方罵了幾句三字經之後說：「我不接受你的爛解釋！」

李方婷掛斷電話，把手機丟在一旁，坐在床上抱著膝蓋痛哭。

梁塵輕輕嘆口氣，聽見她背後的人開口：「如果妳發現自己男朋友出現在別人的照片上，兩個人還很親密地臉貼著臉，妳會生氣嗎？」

梁塵的頭越垂越低，想了很久才說：「老實講，我不知道。」

李方婷打開電腦，登入臉書叫梁塵過去看。照片裡一個男人貼著另一個女人的臉笑得很燦爛。

那個男人……果然是她認識的王一維。

「妳很愛他嗎？」梁塵小心地問。

「每一段感情我都很投入，我很愛他啊！」

「他跟妳說這是誤會嗎？」

「嗯。可是我不相信。」

「那妳打算怎麼辦？」

「我不知道，先睡一覺吧！也許睡醒後我就想通了。」李方婷哽咽地說。

第二天早上，梁塵被李方婷的手機鬧鈴吵醒，她看到李方婷的臉上敷著面膜。

「早！」李方婷看起來精神翼翼的樣子，除了浮腫的雙眼透露出昨晚痛哭的痕跡，其他的一切都跟平時無異。

梁塵確定她應該已經冷靜下來了，才稍微放心。

李方婷接起手機，甜言軟語的和電話裡的人交代今天的行蹤，還約好週末要見面。

梁塵微微地嘆氣。

講完電話，李方婷對梁塵說：「我們和好了！」

「怎麼這麼突然？」不就是睡一覺的時間而已嗎？

「他說以後去哪裡都會跟我報備，答應我隨時可以跟他視訊，我就決定再給他一次機會。」

梁塵欲言又止，想到昨天Sheng說過的話，忽然拿出手機，「妳玩樂歌嗎？」

李方婷搖頭，「那是什麼？」

「一個上網唱歌的地方。最近這上面有一個人，說話很有意思，我覺得妳應該一起聽聽看。」

「好啊！妳說叫樂歌是吧？我很喜歡唱歌，常和同學去學校附近的KTV。等我晚上回來再來下載，到時候妳教我用。」

「好。」她還是不知道該怎麼和李方婷提王一維的事，內心忐忑不安。

最近所上要辦研討會，需要做一些前置作業，由一年級學生們來幫忙。

梁塵一進去系所辦公室，就聽見一個女學生正和承辦人員吵架。

「我們是來學校做研究，又不是來這裡打雜，這些事妳應該讓工讀生做，不應該使喚我們！」

「就是因為工讀生人手不足，況且你們到時候也要參與研討會，來幫忙有什麼不對？」

雙方吵鬧不休，承辦人員看到梁塵，招她過去，又對那個女學生說：「協助所辦的活動時數也算在畢業資格裡面，妳若是不願意做，到時候就無法畢業。」

「這是什麼迂腐的爛規定！」

梁塵尷尬地接過承辦人員交給她的布條和割字貼紙。她看了一眼那個女生，是她班上的同學，但她常常沒來上課。

梁塵進講堂，把剛剛拿到的紅布條攤開放在地上，又把割字貼紙一個個排在布條上。

遠方傳來腳步聲，其他同學也進來了，她抬頭看見那個剛剛在辦公室爭吵不休的女生。

梁塵見她一臉不悅，站起來跟她揮揮手。

對方推推眼鏡，朝她走過去。

「妳可以幫我嗎？」梁塵笑著問。

那女生看她一眼，蹲下來，幫她一起把貼紙貼上去。

梁塵抓了抓頭，蹲在她旁邊說：「我叫梁塵，妳呢？」

梁塵心裡敬佩她。她也困惑過自己為什麼要做這些事，不過她沒想過要反抗承辦人員的要求。

「葉孟如。」她還是一張臭臉，不過手上的動作很俐落。

「我覺得妳剛剛很有勇氣。」

葉孟如看她一眼，「本來就不太公平啊！做這個又沒給錢。」

忙了一會，第一幅布條貼好了，她們合力把布條掛上去。其他同學在旁邊排桌椅，準備桌牌，忙得不可開交。

有人在測試電腦，測試完就順手打開廣播帶動工作氣氛，FM100.2的廣告從講堂音響傳出來。

是梁塵熟悉的廣播電臺，沒想到班上也有人習慣收聽。

「我高三的時候天天都聽這臺，那時有個叫楊聲的人很紅。」

「妳也知道楊聲？」葉孟如驚訝道，「我以前很迷他，妳知道網路上有流傳一張他的照片嗎？」

「知道啊，那段時間電臺討論區都要瘋了！」

一張戴著鴨舌帽，露出半張臉的照片讓一群粉絲沸騰。一群人在討論區表白和稱讚，卻始終沒有得到楊聲本人的回應。

「那張照片，」葉孟如驕傲地揚起頭，「是我拍的！」

梁塵瞪大眼睛，不可置信地看著她。

襯衫釦子規矩地扣到最上方，中規中矩的齊劉海學生頭，黑色粗框眼鏡，儼然一副全世界她最認真的好學生模樣，她會去偷拍？

「電臺離我家不遠，我聽完廣播天天到那附近散步，就看到兩個人從大樓走出來，隱約聽到其中一人叫他的名字，我想應該就是他。我當時拍了好幾張，就屬那張最清楚，不過帽子壓太低還是沒照到整張臉。」

梁塵手上拿著割字貼紙，接著葉孟如的話說：「之後沒多久，他就離開電臺了。」

她也曾經把照片印出來過……那是她這輩子第一次這麼迷戀一個人，每天都期待著晚上，期待著打開廣播，是一天中最快樂的時刻。

「我以為是偷拍嚇到他，一度很自責，後來有人說他出國了，也有人說他跳槽，到現在完全沒有他的消息。我覺得非常可惜，他的聲音很溫暖又超級好聽，他消失之後我難過了好長一段時間。」葉孟如感慨道。

「嗯，我也很難過……」

那陣子吃完晚飯，梁塵內心就會感到空虛，每天習慣打開的廣播頻道已經換了另外一名DJ，節目的屬性也不太一樣。這種感覺就像對每天一定要喝咖啡的人說，往後只能喝開水一樣痛苦。

以前楊聲的節目每天會有一個主題，跟聽眾聊聊最近發生在周遭的事，像說故事一樣，從友情到愛情，從親情到自我，談到情感最深層最不易被揭開的那一面，讓人感同身受繼而引發共鳴。

梁塵特別喜歡聽楊聲說愛情，在情竇初開，對愛情還懵懵懂懂的年紀，愛情故事和感性情話都能讓她在書桌前心花怒放。

楊聲也很關心考生們的心情，每天都講一些打氣的話，那時她常常因為考試成績不佳而鑽牛角尖，在生悶氣時聽見他的聲音，還有他選的歌，就覺得很療癒。

楊聲就像一個大哥哥一樣，陪伴大家度過念書的疲憊夜晚。

「我到現在也還沒能忘記他呢！除了他的專業之外，他的存在就是象徵我的少女情懷吧。」

在那個開始擁有自己小心思的年紀，楊聲就是梁塵心中幻想的理想情人。那張根本看不清楚全貌的照片，更是令她欣喜若狂。那時候的她和很多人一樣，都把楊聲的照片列印下來放在書桌上。

一個只能聽聲音的廣播電臺主持人，居然能變成女生們的心儀對象，聽起來是多麼神奇的事。如果要用一句話來形容，楊聲大概讓大家耳朵懷孕了吧！

「後來我就很少聽廣播了。」葉孟如沮喪地說。

「其實過了四年的時間，男神說不定都崩壞成啤酒肚大叔了，就讓他完美的形象留在我們心中也挺好的。」梁塵繼續手上的工作，把割字貼紙一個個貼好。

「他剛離開的時候我有打電話去電臺，確認過他不是因為那張照片才離職，他們只說楊聲是自己離開的。」

葉孟如認真的樣子讓梁塵覺得很可愛，很難想像這樣一本正經的女孩也會如此迷戀楊聲。

「嗯，在他之後同質性的DJ有很多，可是沒有一個能讓我感受到比楊聲更溫暖。」梁塵有感而發。

「對了，妳知道臉書有一個楊聲的社團嗎？」葉孟如問。

梁塵搖頭，自從楊聲消失，電臺討論區關於他的事漸漸變少，她就很少在網路上關注楊聲的事。

「那是當初他的一群忠實聽眾創的，上面有很多東西，我覺得妳會喜歡，我把社團名字傳給妳？」

「好。」楊聲的社團？她很好奇裡面到底都寫些什麼？

她和葉孟如像是遇到知己般一見如故，聊天中發現兩個人雖住同一棟樓，寢室卻距離遙遠，一個在西一個在東，樓層也差很多。

葉孟如說學校餐廳有一間早點鋪的肉包非常好吃，芝麻包也很不錯，豆漿很濃還可以無限續杯，這對搬進宿舍之後，只吃過便利商店包子的梁塵來說，非常具有誘惑力，何況還能增加一個飯友，她們很快就約好下次一起去吃早餐。

把今天分派下來的事情做完，會場也布置得差不多了，葉孟如晚點還有課便和梁塵道別。

梁塵回到宿舍，立刻打開電腦，在臉書搜尋「悠悠楊聲」，果然跳出一個公開的社團，成員有兩百多人，她還看不出來哪個是葉孟如，馬上就發現更吸引她的事。

粉絲畫了漫畫版楊聲戴著耳機的樣子，很可愛。

三年前的端午節，還有人祝他粽子節快樂。幾個固定班底在下面留言，剩下的都是一些置入廣告和垃圾留言，和置頂的偷拍照盛況對比極大。

那張照片底下有很多女生的留言，PO出把楊聲的照片壓在學校的桌墊底下，還有書桌上、書包、皮夾……

刷白牛仔褲襯出他修長的腿，身材非常高䠷，骨架很漂亮，雖然沒看到臉，光是這樣的雋朗風姿加上迷人的聲線，就足夠成為少女眼中的帥氣男神。

有人拿了停在他旁邊的一臺MINI COOPER當比例尺，仔細計算出他的身高至少有一百八十公分。還有人求那雙球鞋的牌子，想和男神穿情侶鞋。

有幾個人把楊聲的節目剪輯下來放在社團，幾乎每一集都有，梁塵隨手點開一個錄音檔，幾秒之後就聽見四年前讓她沉醉的嗓音。

清亮又有磁性，說話的時候充滿溫柔。

「下雨的日子，我想起你。」檔案錄製的時間是四年前的三月二十日，開春。

時光彷彿回到那一年，胸臆間還充滿那一天雨水的味道，她穿著制服百褶裙，在夜晚的雨幕中，聽見楊聲的聲音。

「為我撐傘的那隻手，細細的手臂碰撞在我書包的背帶上，我懊惱地將它背到左肩。在那個不懂什麼是愛情的年紀，我發現原來這種奇怪的感覺叫悸動。

從此以後，沒有下雨的日子，我也會想起你，想起你總站在我右邊看我的樣子，想起你身上洗衣粉的香味，想起你曾經在那一個雨季，為沒帶傘的我遮過風擋過雨。

無論你站在哪裡，我始終能一眼就找到你，唯有你在遠處對我回眸一笑，就能讓我死心塌地。不是沒有想過讓你知道我喜歡你，而是我發現你眸光裡的那個人不曾是我。你追隨他的影子，而我追隨著你。

有些時候我討厭我自己，討厭我無所作為的樣子，看著你為他開心難過、傷心哭泣，看著你抓緊他的手，看著你說和他的愛情，我還要裝成不在乎的樣子，讓利刃一遍遍劃在我的心上，反覆虐待自己。

原本以為只要能陪在你身邊，當你的好朋友就能滿足，卻不知道說不出口的喜歡和近在咫尺的你，讓我委屈求全，心酸到底……」

聽著傳進耳朵裡久違的聲音，梁塵好像又看到那個趴在書桌上，聽著廣播的自己。那一週的主題是友情以上戀人未滿，五個關於愛而不可得的故事。楊聲娓娓道來的語氣，不管聽幾次還是觸動著她的心。

臉書的聊天室窗跳出來，是葉孟如加她好友了。

「看了嗎？」

「看了。妳不是在上課嗎？」

「嘿嘿，在播紀錄片，那部我看過了。妳覺得怎麼樣？」

「聽了一段，覺得心裡有點難受。」

「別難受，我們可以用真誠把楊聲召喚回來！」

如果楊聲能像神獸一樣被召喚，這些日子梁塵召喚他的次數，沒有上萬也有成千次了吧！

「但願如此。妳先去上課吧，晚點聊。」

聽說那堂課的教授特別喜歡點人回答問題，答錯或答不出來都會扣分，葉孟如竟然這麼大膽！

手機訊息跳個不停，梁塵點開回覆，跟媽媽約好明天要回家。樂歌出現了新訊息，稱讚她唱歌好聽，讓人以為是原唱現身。梁塵害羞地點去看對方的頭像，才發現原來是網路交友的罐頭訊息。

她自知歌沒有唱得多好，但心裡還是不免有些失望。她看到追蹤列中那個叫Sheng的人，點進去看到上次他發的那首〈接受〉，底下的留言很多，比他的第一首歌還多。

【跑調王】心碎……

【BO妞】我覺得你很耳熟。

【小菇涼】可以多唱幾句嗎？是不是有時間限制才唱一點點？

【裸奔的沙丁瑜】昨天我才跟我男朋友分手（哭）

【古月哥欠】有神！快拜！

【芙蘿拉】小哥哥，你的聲音好有感情喔！下次想聽你撩妹可以嗎？

看了前面幾則留言，梁塵笑出來。

Sheng的聲音的確有點耳熟，跟她剛剛聽的楊聲錄音檔很像，又不太一樣……

楊聲說話的音調比較高，而Sheng明顯低很多。

這個世界上，聲音相像的人有很多，不過像楊聲這麼有特色的應該不多才是。

她又想起前陣子教過她的陸岳聲，他感冒好了之後，聲音倒是跟Sheng很像，都是屬於比較低沉的嗓音。

陸岳聲？會是他嗎？他的個性不像是會做這種事的人啊……而且有這麼巧的事嗎？

梁塵一邊整理明天要帶回家的行李，忽然門被大力地撞開，她對上李方婷怒氣沖沖的眼睛，正想和她打招呼，就聽見她對著電話大吼，和那頭的人吵得不可開交，李方婷氣得用腳踹床，碰一聲，嚇了她一跳。

梁塵只好趕快拿了衣服去洗澡，把空間留給她。

洗完澡，李方婷還在爭吵，梁塵不敢和她說話，直到她掛斷電話，梁塵才緩緩靠近，拉拉她的袖子。

李方婷回頭一看見梁塵，就緊緊將她抱住。

梁塵明白現在安慰什麼李方婷都聽不進去，她能做的也只有陪伴。

「我羨慕妳，也許不談戀愛就不會像我這樣老是受傷。」李方婷因哽咽咳了幾聲，啞著嗓子說話。

「我不是第一次談戀愛了，我的初戀很早，大學的時候還被劈腿，那次分手後我天天喝酒，後來身體不舒服去看醫生，才知道我把自己搞到腎臟發炎，差點要洗腎！我怎麼那麼命苦啊！談戀愛沒有一次順利！」李方婷發洩著，梁塵安靜地坐在床上聽她說，關於她每一段椎心刺痛的愛情。

「這次是怎麼了？」

「我希望他週末來陪我，他說要念書，我叫他來這邊跟我一起念，我們研究室很大，他說不要……我一直覺得他有鬼，是不是又跟他那個學妹有什麼！」

「妳不要想太多嘛……」

「我不是一個會想很多的人，可是妳知道嗎？一朝被蛇咬，我也很討厭自己沒辦法相信他！」

等李方婷傾訴完，稍微緩和了情緒，梁塵才放下心，繼續去整理行李。

「妳明天要回家啊？」李方婷問。

「對啊，好久沒回家了。」因為運動會的事，這次回家延後了很久。

「那宿舍就剩下我一個人了……以前妳位子沒人住的時候我覺得還好，現在妳搬進來了，不在的時候我就有點失落。」

「我禮拜天晚上就回來啦！」梁塵知道她心情不好，一個人在這裡肯定不好過，「而且妳明後天白天不都有家教嗎？」

「是啦，可是我晚上會很無聊，我再去研究室找學弟們好了。」

「嗯……」梁塵有些擺在心底的話想和她說，又猶豫著這時機不適合開口。

日光燈照在蠶絲白的牆壁上，李方婷床頭的牆角貼著一張小小的拍立得，只要躺在床上一翻身就能看到，照片裡的兩個人面貼著面，一個笑得純真無邪，一個笑得風流瀟灑。

隔天上完早上的課，梁塵就提著行李搭公車到火車站。她家在小站，一路上轉了兩次車才到家。

一進家門，在玄關就能聞到陣陣煲湯的香味飄散在空氣中。

父母都還在上班，家裡沒有人在。梁塵放下行李，進廚房看到煲鍋裡的湯在保溫，她洗好手迫不及待盛一大碗來喝，喝完還不忘拍下空碗傳訊息謝謝媽媽。

梁塵趕了一天的車有點疲憊，走進房間大字型躺在床上休息，突然想起剛剛在車上，樂歌傳來的推播訊息。

樂歌主持選拔大賽。一個為了開拓平臺「說話、聊天」功能的比賽。得獎者未來可以優先得到平臺給予的主持空間，就算沒有得獎，只要參加就能得到為數不少的代幣，算是一個嶄露頭角的好機會。

參賽作品的內容形式很自由，可以聊天也可以說故事、模仿等等。一個月後比賽截止，評分時聽眾人氣佔百分之六十，特聘的三位當紅廣播節目主持人，評分佔百分之四十。

梁塵看來看去，覺得滿有趣的。

今天凌晨零時活動就開跑了，梁塵在樂歌裡面沒有朋友，只有十個聽過她唱歌而加她的陌生人，但他們從來沒有互動過。

這種比賽最重要的就是拚人氣，她恐怕怎麼樣也拚不過那些努力在這裡交朋友、互動的人吧？不過如果是想拿點遊戲代幣，參加一下也不錯，而且這學期的平臺經營課程，期末要交小論，可以把觀察樂歌這次的大賽當作題目。

反正是匿名，她也不打算露臉，就算人氣墊底掛零、掉節操也無所謂。

梁塵點擊參加，花時間填寫資料，又用平臺免費的素材布置了自己空盪盪的空間。

她不知道第一次發布的內容要說些什麼好，想了想決定選擇她還算擅長的配音。

梁塵先用手機的剪接APP，使出畢生絕活剪了幾段《探險活寶》動畫，她把兩位主角的聲音去掉，加上自己的配音，一人分飾多角，有點辛苦。

這是一個阿寶和老皮在喪屍末日求生的小短劇，阿寶變成了時下最普通的魯蛇大學生，凌亂的宿舍、滿地的垃圾，室友還是一隻正就讀戲劇系的小狗。女朋友泡泡糖公主不滿阿寶老是打桌遊，因此製造出糖果喪屍報復。

宿舍外面糖果喪屍橫行，阿寶和老皮自嘲他們應自帶主角光環，必須有各種威能，不死不滅，以一擋百。

最後老皮對著泡泡糖公主說：「妳殺了我還有千千萬萬個我！」阿寶則是得到一千零四十三歲的老殭屍冰霸王協助，複製出一堆老皮，大批老皮咬死喪屍，比喪屍更瘋狂恐怖。

故事的內容都在吐槽與致敬梁塵很愛看的喪屍電影，反正不用露臉，她想怎麼惡搞都無所謂，開心就好。

梁塵剪成了三分鐘的影片，用兩倍速的方式播放，上傳好之後就去睡午覺。

傍晚爸媽下班回來，梁塵到廚房和媽媽邊做菜邊聊學校的事。

一家人相聚吃晚餐，開心話家常，飯後媽媽要她去整理房間那些舊書、筆記本之類的舊東西，她不知道該不該丟，讓梁塵回來自己處理。

她把書桌抽屜裡滿滿的卡片、日記、照片一一整理出來，這時電子信箱有新郵件傳來，一看是吳老師。

吳可寧教學風格活潑，加上梁塵答應幫忙運動會的事，她對梁塵印象很好，除了上課，梁塵對選課或者課業的疑問都會向她請教。

吳可寧知道梁塵大學不是讀大眾傳播，雖然研究所考試成績還不錯，有些東西在課堂上還是不太能融會貫通，不過梁塵的個性勤奮努力，除了認真上課加緊腳步跟上大家，私底下吳可寧也推薦她看一些書籍。

今天是梁塵發信問她作業的標準和上課時聽不懂的內容，吳可寧工作忙，過了晚飯的時間才回覆。

梁塵讀完信，趕緊寫信讓老師以後別急著回她，多休息比較重要。

正想關信箱的時候，吳可寧竟然以秒速回信了。

「妳在C城？」

信上沒有其他內容，劈頭就四個大字加一個問號。

怎麼了嗎？老師至於這麼驚訝嗎？她剛剛不過是在文末說自己已經回家，沒有在宿舍讀書。

難道老師是要怪她資質不好，不好好讀書跑回家墮落吧？

「是，我回家了。」

過了幾秒信件又寄來。

「可以拜託妳幫我買一樣東西嗎？」

半個小時後，梁塵一身輕便出現在牛家餅鋪的門口，排隊要買傳說中的芝麻蛋黃餅。她在隊伍中往前看，一個人買三分鐘，估計還要一小時才能排到……

她排了一會，發現旁邊總站著一個人，她進一步，對方也跟著進一步，感覺就是處心積慮想要插隊，梁塵往前靠了靠，依她的排隊經驗，應該要縮短和前排的距離，讓別人插不了隊。

梁塵越貼越近，近到前面的小姐都忍不住回頭看她。梁塵尷尬微笑，無奈地覷了一眼旁邊那個一直想要插隊的人。

她登時心跳漏了一拍，倒抽一口氣，驚訝地看著眼前穿著運動套裝的男人。

陸岳聲人高，站著的高度只能睥睨著梁塵。

「妳的習慣是站著就一定要往前擠嗎？」

梁塵心裡OS，你一直靠過來我才想往前擠。

「你怎麼來了？我還沒買到。」

吳可寧拜託她買，買好之後撥電話給陸岳聲，讓他來拿。梁塵沒想到陸岳聲竟然這麼早就到了。

陸岳聲淡淡的眼神飄過，「順路出來吃東西。」

「那你吃了嗎？」

他吸口氣，慢聲回答：「嗯。」

「你先去旁邊等，我來排。」

梁塵指著一旁的花圃，陸岳聲沒理她。

「你怎麼會在C城？」這是梁塵聽到老師的交代之後，一直放在心裡的疑問。

「我老家。」他邊說邊注意前面。

梁塵想，反正乾站著也是無聊，乾脆聊起來。

「吳老師很喜歡吃牛家餅鋪嗎？」

「天知道這個瘋女人喜歡吃什麼。」

對上梁塵尷尬的臉，陸岳聲改口：「不知道，她最近古古怪怪的，我也不是很懂她。」能抓得住她的大概只有王晉東了。

「買好了，你等一下給她送過去嗎？」梁塵感覺老師很急。

「怎麼可能，明天我要回去的時候再幫她送。」

本來是吳可寧一直打電話纏他幫她買，他是C城人，牛家餅鋪要排隊全C城都知道。他不願意去人擠人，斬釘截鐵拒絕之後，吳可寧竟然就立刻消停了。

他正疑惑這個為達目的不擇手段的女人怎麼會突然消失，沒想到竟然是有了新目標。

「喔。」

旁邊人行道上有一對情侶站在那，原本是小聲聊天，後來越來越大聲，一句嚷一句吼的，很明顯是在吵架，吸引不少人的目光。

梁塵看了一會，心裡覺得有點難受，抬頭看陸岳聲，他專注地看著馬路。

梁塵緩緩開口：「如果……我是說如果……」

陸岳聲聽見她遲疑的發聲，收回眼神，垂眼看她。

涼冷的夜，路上滿是行人，商業區明亮如晝，店家吆喝聲、牆上電視螢幕傳來的說話聲，塞滿了梁塵的耳朵。陸岳聲站在她身旁，不知道是不是錯覺，她感覺臉上一下子就滾燙起來。

「如果你的朋友和一個男生在交往，而你發現那個男生是以前追過你的人，還是個渣男，專門欺騙感情，讓女生傷心，你會告訴對方這個事實嗎？」

這件事一直被梁塵放在心上，每次想起來心情就悶悶的，面對李方婷更是想說又不能說，在心裡反覆猶豫著，到底該怎麼講才能不傷害任何人。

「我又不是同性戀，怎麼回答妳？」陸岳聲鬧她。

「不是啦！我的意思是……」

「那要看是不是好朋友。」他突然說。

「如果是好朋友呢？」

陸岳聲毫不遲疑地回答：「當然會講，但不會直接講。」他歪著頭看她，若有所思。

梁塵想，他一定覺得被問了一個無聊的問題。

「那你會怎麼講？」

「如果是妳的話，妳會怎麼講？」

「我不知道。」女生的心思太複雜了，她覺得自己怎麼講都可能會惹李方婷不高興，不講又過意不去。

「所以妳就是那個以前被渣男追過的女人。」

梁塵心虛地看向旁邊。

過了點時間，梁塵以為話題就此結束時，陸岳聲又開口。

「我會提醒她，我在路上看到她男朋友跟別的女人親熱。如果這樣她還無動於衷，再多講什麼也沒意義。」

陸岳聲的話讓她的心頓時清明一片。他說得有道理，這樣說絕對比直接說出事實來得好。

對於梁塵的沉默，陸岳聲倒是覺得心頭癢癢，像是有什麼在撓，大概是逗她逗習慣了，看她這樣悶悶不說話，覺得怪怪的。

「妳還挺有義氣的，一般人應該會選擇什麼都不說。」

梁塵皺眉瞥他一眼，心情不太好。

李方婷和王一維三天一小吵五天一大鬧，她每天在旁邊聽著，覺得感同身受，也慶幸自己那時候沒有一時鬼迷心竅，接受王一維的猛烈追求，而沒有接受的原因，是因為……

冷風吹來，她脖子一涼，打了個噴嚏。

陸岳聲毫不遲疑脫下自己的外套蓋在她身上，動作一氣呵成。

「天氣冷怎麼不知道穿多一點，嗯？」他低聲說給她聽。

柔柔的、輕輕的、低沉的醇厚嗓音，梁塵的耳朵燒起來了。

她低著頭，不反駁不解釋，拉緊他的外套，長長的衣襬看起來鬆鬆垮垮，有小孩偷穿大人衣服的滑稽感。

她心底偷偷的還有一種感覺……原來，女朋友穿男朋友的外套是這樣啊？

他們繼續有一搭沒一搭地聊著不著邊際的事。旁邊那對吵架的情侶忽然動起手來，互相拉扯進而追打，排在梁塵後面的人見狀，急忙打電話報警。

那個女人跑進排隊的隊伍，直撲梁塵而來，男人也衝過來追打。

梁塵第一個直覺是背過身去抱住頭，腿都嚇得發抖。她緊閉雙眼，後背突然一沉，是陸岳聲從後面緊緊抱住她，他彎著腰，將她整個人納入懷裡。

他的側臉貼著她的頰，將她護得死緊。

她聽見他的呼吸聲，溫熱的臉頰，還有身上淡淡的柑橘香氣。

時間還在流動，他和她卻彷彿靜止了，靜得只聽見彼此的呼吸心跳，這個世界上再無他人。

那對情侶還在追打，有幾個人想過去勸架都遭了殃。警察很快趕來，把他們帶走問話，一切紛擾漸漸平靜下來。

陸岳聲感覺到前方的人在移動，才回神緩緩放開她，人行道上原本融成一團的影子逐漸分開，成為兩道黑色身影。

梁塵心有餘悸，盯著地上那一對人影，一高一矮，看向同一個方向，就好像他正看著她。

陸岳聲突如其來的保護，讓她還在恍惚，內心很複雜，太多事攪在一起，大腦簡直當機了。

藍到發黑的天空，星點寥寥，兩個人揣著心事，各自沉默了一陣。

隊伍排著排著終於輪到他們，梁塵愣愣地點了兩個，陸岳聲趕緊出聲又多點了三個。

「老師不是說兩個嗎？」梁塵疑惑。

「難得都來排隊了，多買一點讓她吃個夠啊！不然下禮拜又說想吃怎麼辦？」

梁塵點點頭，陸岳聲付完錢，兩個人往旁邊走。

她心裡想著終於到了道別的時候了，陸岳聲跟著她走，沒有停下來的意思。

「妳住哪？」

「附近而已，我走路就到了，外套還你。」她邊說邊要脫下來，發現自己的手還在微微發抖。

「穿著。」陸岳聲按住她肩頭。

梁塵乖順點頭，不再說話。熱鬧的夜就這麼安靜下來，不知道是不是錯覺，梁塵覺得他們之間的感覺變了……

是一種模糊不明的混亂，一種躁動，很難實際去確認，也很難明白。她只能專心聽著腳步聲，要自己沉澱下來不要再想。

兩個人就這麼走了一小段路，倏地他們眼前飄過一顆造型氣球，看起來是某間店的擺飾，大大的透明心型氣球內有好幾顆白色、金色的小氣球飄浮，在夜晚中十分奪目。

「哇！好漂亮的氣球——」她邊說邊離開他身邊，跑過去追。

好不容易快追到，可惜梁塵身高不夠，跳著也勾不到氣球。

眼前一個大掌抓住綁在氣球上的細繩，好好地把造型氣球捏在手上。

梁塵看著陸岳聲手上的氣球，臉上是興奮的表情。

她接過他遞來的氣球，在手裡把玩。她心思全放在造型氣球上，兩個人繼續沉默。

陸岳聲突然停下腳步，指著他們前面的橋，「知道這座橋嗎？下雨天經常積水，我小時候常常在橋下抓魚。」

「這條溪？我以前常常看到這裡有排放的廢水耶！抓起來的魚你敢吃？」梁塵猛然回神。

「現代人穿衣服都不一定是為了禦寒，抓魚又怎麼一定要吃魚？而且那時候的這條溪還算乾淨。」

梁塵聽了笑出來，不自覺已擺脫剛剛的情緒，「喔……我沒有抓過魚，還滿羨慕你，我也很想試試看釣魚。」

梁爸爸會去釣魚，他都在凌晨出門，那裡是雜草叢生的地方，蚊蟲多，梁媽媽擔心她一去被咬成了紅豆冰，一直不讓她去。

「現在還有很多釣魚的場地，有空可以去試試。」

「真的嗎？我只聽過釣蝦場，還沒聽過有哪裡可以釣魚。」

「很多啊！有的釣蝦場裡面也可以釣魚。」

「可是這樣就沒有釣魚的樂趣啦，我還是比較嚮往在溪邊或是大池塘釣魚。」

陸岳聲聽了越笑越開，他不知道原來還有年輕女孩這麼喜歡釣魚，恐怕到時候真的去釣了，發現沒想像中有趣就抱怨連連。

「小時候有一段時間住在鄉下，我還會爬樹去摘龍眼，搬到都市很多年以後，這些技能全忘光了。」梁塵聊起自己的事。

前面路樹上還裝飾著上次過節沒拆的藍色燈泡，一閃一閃的，把她手上的氣球照得閃閃發亮。

陸岳聲指了指那顆心型氣球，「知道這個怎麼玩嗎？」

梁塵挑眉，不懂他的意思。

他忽然露出狡黠的神色說：「我來教妳正確的打開方式。」

他沒等梁塵回答，掏出口袋裡的一串鑰匙，找出最尖的那一把，扯下她的氣球，使勁一戳！

氣球應聲爆裂！

梁塵瞪大眼睛，倒抽口氣，看著裡面的金色、白色小球重獲自由，紛紛飄向深深夜空。

晶亮的裝飾燈泡在路邊一閃一滅，為工業化的都市增添一抹活潑。夜間靜謐的橋邊，她緊緊抿住嘴，看見他幽深的眼眸裡有點點光芒，彷彿映照出一片星空。

兩個人抬頭看著一一升空的絢麗小球。

她不知道該怎麼形容，但是她喜歡待在他身邊。

一直到看不見氣球，梁塵才遲疑地問：「真的是這樣玩的？」

「對啊！妳不覺得很美嗎？」

她慢慢點著頭，是滿美的，不過她從來沒想過陸岳聲會這麼做……

愣了幾秒梁塵才回神，擰起眉朝他開口：「我的氣球！」

「下次再買給妳，更漂亮的。」

他這麼一說，她立刻閉上嘴巴。

陸岳聲突然拉住她，她的身體晃了一下，看見他指著前面那個招牌。

「陪我吃。」梁塵被他拉進去。

他替她也點了一碗，兩個人坐在窄小的店裡吃麻辣鴨血。

「還在生氣？」他覺得沒經過她同意就把氣球戳破，好像太衝動了。

梁塵搖搖頭。

「剛剛好，我也很愛吃辣。」她微笑，從筷子筒拿出兩雙筷子，一雙遞給他。

陸岳聲發現她的脾氣很好、個性也很隨和，不是會踩著一件事就鬧彆扭的人。

吃到一半，他問了梁塵愛喝的飲料，去隔壁買了兩杯回來。

他正喝著她喜歡的玫瑰奶蓋。梁塵有點驚訝他和她喝一樣的飲料。

「會不會太甜？」她關心問道。

「不會，我點無糖的。」他一向不愛喝飲料，這次是因為……好奇。

「無糖會好喝嗎？」她都是點微糖。

陸岳聲忽然笑著把自己的飲料遞給她，在她面前晃一晃，「妳要喝喝看嗎？」

梁塵一下子就臉紅了。

雖然她知道有些人不介意共喝飲料這種事，可是她介意呀！那也太曖昧了吧！

她尷尬地搖頭拒絕，「謝謝，不用了，我還是喜歡微糖。」

「我的意思是我們可以交換吸管喝。」

「沒關係，你喝就好。」

陸岳聲笑得很坦然，梁塵想，他大概是真的覺得他們比較熟了，也是認識的人，才會有這種提議，是她想太多了。

陸岳聲先吃完了，在旁邊喝飲料等她，不知道在想什麼，忽然就說：「妳剛剛的意思是，曾經追過妳的渣男現在是妳朋友的男友？」

梁塵囫圇嚥下一口鴨血，差點被嗆到。

「嗯……」她驚訝他怎麼會好奇這件事？

「妳大學的時候？」

「高中。」

「那時候你們學校允許學生談戀愛？」

「我們校風比較自由，基本上只要不鬧出事，課業管好，老師都睜一隻眼閉一隻眼。」

「C高？」

梁塵點頭。

「我也是C高畢業的，只不過大了妳六屆。」

「哇！原來是學長。你長得這麼帥，高中是不是很受歡迎呀？」她企圖轉移話題。

陸岳聲但笑不語，這些過去的事沒什麼好再提了。

梁塵抿了抿唇，暗暗慶幸成功轉移話題。

他抽出一張面紙遞給嘴上紅通通的梁塵，「忘了跟妳說吃辣傷喉嚨，如果妳以後想走這條路，記得偶一為之就好。」

「沒有啦……我沒有想過。」她一直對自己沒有自信，聲音好的人那麼多，怎麼可能輪到她。

「妳的聲音很好，如果有什麼機會都可以去嘗試看看。」他笑得很溫柔，已經沒有剛認識時的那層冷漠。

「那時候還可以拜託你指導我嗎？」

陸岳聲喉頭一哽，掩飾眼底的落寞，對她淺淺「嗯」了一聲。

兩人走出店裡，梁塵渾身躁熱，她用他的外套袖子給自己搧風。

「妳家還有多遠？」

「過了這條馬路就到了。」

「對了，那個渣男當初是怎麼追妳的？」他的話題突然又繞回渣男身上，梁塵認為他顯然是沒話找話聊了。

「那、那時候我高一，他高三，偶然見過一次之後他開始追我，追得很勤。我沒談過戀愛，被他猛烈追求後也有點好感，可是沒多久發現原來他已經有女朋友了，跟他同年級。」

「哪種追法，說來聽聽看。」

「嗯……」她想了想，「找人問我喜歡吃什麼，每天送早餐、點心，知道我感冒就送薑茶來給我喝，還有每天寫情書……」

「就這樣？」

「對啊！這樣對高中生來說就很不得了了吧？不然你是怎麼追人的？」

陸岳聲沒說話，看著腳下的路。

梁塵又接著說：「當時他女友是學校公認的女神，自尊心強，不能接受感情裡發生這種事。她很喜歡那個渣男，發現他竟然要劈腿，一時接受不了……雖然我一直跟她解釋我是絕對不會跟他在一起，真的沒有接受他，結果她還是從教學大樓的四樓……往下跳，我、我嚇死了……」

到現在梁塵還心有餘悸，像是黑壓壓的烏雲直襲心頭，一直是一塊很大的陰影。

「我承認自己一開始有點動心，可是發現他有女朋友後，我就真的真的再也沒有喜歡他了，我知道我不應該——」

梁塵覺得渾身惡寒，語調越來越急促，斷斷續續的碎念，到後來有些顛三倒四。

陸岳聲眼神嚴肅地看著她，倏地他握住她的左肩，要她停下來。

梁塵還陷在糾結的情緒中不明所以，困惑地看他。

「妳記得生命三要素是什麼嗎？」

「啊？」梁塵只覺得他話題跳得太快，完全跟不上他的節奏。

「陽光、空氣、水？」他突然問這個到底要做什麼？梁塵內心一團混亂。

「錯！」陸岳聲得意的像個小孩，有得逞的快意。

「腦筋急轉彎？」她感到莫名其妙。

陸岳聲斂起神色，扶住她的肩，用深情而誠懇的嗓子低聲說：「寶貝，我生命的三要素是，陽光、空氣、妳……」

他的聲音很輕，帶著成熟的溫柔，「知道為什麼是妳嗎？」

梁塵早已無法反應。

「因為妳才是我渴望的泉源……」他的一字一句像電流傳進她耳裡，讓她為之顫慄。

梁塵石化在原地，耳朵熱得都快冒煙了。

「這才叫撩、妹，知道嗎？」他的嘴靠在她耳邊，魅惑地說。

這下不只耳根子，梁塵整個人都燒起來。

他、他到底是怎麼了？

怎麼吃完一碗麻辣鴨血整個人火力全開？突然就對她……

陸岳聲發現她的反應，雖然很細微也極力隱藏，還是被他看得透澈。

剛剛梁塵陷入鑽牛角尖的情緒裡出不來，他才想趕快轉移她的思緒。等他意識到的時候，也想問自己這是怎麼了？

氣氛一陣尷尬。

「妳不是問我都怎麼撩妹的嗎？都多久沒撩了，這次為了妳破例！」他的聲音沙啞。

梁塵還在轟炸過後的迷霧中，根本沒聽清楚他說了什麼。

第四章　斑駁的舊日

梁塵坐在餐桌前，整個人失魂落魄。梁媽媽從房間出來就看到桌上那塊餅。

「妳幫老師買的餅？」

聽見媽媽的聲音，梁塵慢慢回神，「這個是我們的，老師的已經有人拿走了。」

「誰？」

「老師的朋友。這給你們吃，我進房了。」

媽媽看著遊魂般的女兒，出門的時候還生龍活虎，怎麼回來一口餅都不吃就要去睡覺？似乎有些古怪。

梁塵一進房間坐在地上點開手機，看到之前輸入的陸岳聲手機號碼。剛剛到底怎麼進家門的她幾乎不記得了，她心煩意亂地退出來，打開樂歌APP，過了好幾個小時點讚的數量還是不多，只有零星七八個。下面有幾則留言，都不是她好友列的人。

【腰圍總是太細】Hi！我也是參賽者，歡迎交流。

【笑點滴】哈哈哈樓上，你腰瘦嗎？

【嗶莫】姊姊配的老皮好可愛唷，我也愛探險活寶，支持妳，給妳讚一個！

她丟下手機準備洗澡，電話卻突然大響。

「喂？怎麼了？」

李方婷在電話那頭崩潰大哭，異常絕望。

「我好難過……我不知道該怎麼辦……」

「到底怎麼了？」梁塵開始有點慌，一種不妙的預感襲上心頭。

「王一維……他竟然真的背著我跟學妹去約會！」她又嚎啕大哭起來。「我怎麼這麼倒楣啊！每次都被騙！」

「妳現在人在哪？」

「……在宿舍。」

李方婷傍晚上完家教本來要去給王一維一個驚喜，沒想到就在校外的街角看見他跟學妹摟腰搭背不知道要去哪裡，她一路跟蹤，跟到一間MOTEL旁邊，心徹底碎了。

原來王一維每一次的藉口和推拖，都是謊言……

對她說的愛和喜歡，是不是都是為了得到她的身體而已？

李方婷衝出去和他攤牌，她打了那個學妹，而王一維打了她。

愛到了最後還是變質，每一次都是這種結果。這樣的愛情還有什麼意義？

梁塵聽著李方婷的泣訴，心裡難受。最終在她的三心二意之下，還是沒來得及警告李方婷，她最害怕的事情就發生了。

「妳研究室裡面還有沒有人？妳先去那裡待著。」

「那一群臭男生懂什麼啊，只會講一堆白痴的話！我討厭死他們了——」

這時候梁塵的手機來了插撥。是誰挑這個時候打給她？

「妳等我一下別掛斷喔！」梁塵按下接通鍵，「喂？」

「是我。」

「什麼事？」她急了，跟陸岳聲開門見山。

「忘了問妳，明天要不要一起回去？」

梁塵愣了幾秒鐘，剛想拒絕，又想起李方婷。

「現在回去可以嗎？我有點事！」

梁塵掛掉和陸岳聲的通話，又安撫了下李方婷，接著立刻收拾行李。她看了眼鬧鐘，現在是晚上十點。

她跑進爸媽房間，「我現在要回學校一趟，室友出了點事，需要我回去陪她。」

梁爸爸放下雜誌，從床上下來，無法接受她突如其來的決定，「什麼事這麼急，明天再回去不行嗎？」

「我室友失戀了，一個人在宿舍，我怕她想不開。」

「妳現在坐車回去要四小時，況且妳這麼晚坐火車媽媽不放心，讓爸爸載妳吧？」

「不用了，我跟朋友約好了，他是這裡人，住學校附近，他會來載我。」

「那多不好意思，是男的女的呀？」梁媽媽再糊塗還是會記得問的。

「是、是男的……」

「晚上跟男人在一起，孤男寡女的多不好啊！」爸爸極力反對。

媽媽阻止他再說下去，問道：「是同學嗎？叫什麼名字？」

梁塵知道媽媽只要去查同學名單，她就露餡了，乖乖地說：「是老師介紹的人啦！他也算是我的老師，一直在指導我，上次運動會就是他幫的忙，我們很熟，妳不要擔心，我會打電話報平安的。」

梁媽媽一聽到是老師介紹的人，瞬間放心一半，「好吧，妳一到學校要立刻打電話給我們。」

梁爸爸看著她，不可思議地瞪大眼睛。

梁塵已經旋風似地跑了。

「妳吃錯什麼藥？還沒睡覺腦袋就糊塗了？」

「小塵平時防備心比你我還重，她能相信那個男人，就表示他們大概有機會發展，你出來亂什麼？小塵都幾歲了，應該要交男朋友啦！」

梁塵拿著行李到家門口就看見陸岳聲的車，趕緊打開副駕車門上車。陸岳聲主動幫她把行李塞到後座。

先前電話裡匆忙，她沒來得及細講，他也沒有開口問她為什麼急著回去。

車子裡正放著天蠍合唱團的專輯，熱血而振奮。

「休息一下，這個時間大概開兩個半小時就能到。」陸岳聲把音樂調小。

「這麼快？」她很驚訝，比上次爸爸載她還快。

梁塵掏出手機，看見自己在樂歌的那段配音點擊，跟其他有龐大親友團的人相比，簡直慘不忍睹。

陸岳聲趁停紅燈時扭頭瞥了一眼。

「妳有玩這個？」

「對啊！你也知道樂歌嗎？」

「嗯。」他脣角一勾，心想這還是我們公司做的。

「最近有一個主持選拔大賽，為了賺點代幣給我的虛擬人偶買衣服、買頭框，我真是拚了。」

「點擊怎麼樣？」

「差強人意。沒關係啦！我只是想要賺參加獎而已。」

陸岳聲看著前方路況，會心一笑。如果梁塵完全不在乎，就不會一直拿著手機刷螢幕了。

「其他人親友團很多對不對？」

「對啊。」

「沒關係，慢慢來，還有好一陣子不是嗎？妳每天都發一個，想想妳聲線上的優勢是什麼，就怎麼做。」陸岳聲單手握著方向盤俐落地轉了個彎，另一隻手撐著頭，路上沒什麼車，一路順暢。

「謝謝你，我會認真再想想。那個，請問我可以聽廣播嗎？」梁塵禮貌地問。

陸岳聲愣了下，「可以，妳自己調。」

梁塵調到熟悉的FM100.2，陸岳聲的眉頭不自覺間蹙起，越擰越深。

她靠著椅背，放鬆聽著裡頭的DJ說話，播放音樂。

「你會不會想睡，要不要我跟你聊天？」她問。

「不會，妳休息吧。」

梁塵發現他恢復以往的嚴肅表情，以為他是專注於眼前的路況，不敢多說話。

車子裡只有引擎低鳴和廣播節目的播放聲，幾乎沒有其他聲音，而陸岳聲也聽不見再多的聲音了。

他的車速飆得極快，果真在兩個半小時抵達學校。

快到時梁塵一直打給李方婷，好幾通都沒接，要下車前終於打通。

「妳還在宿舍嗎？那妳在研究室等我，別走喔！」

梁塵給媽媽報完平安後慌亂下車，陸岳聲也跟著下來。

「我送妳。」

「我朋友現在在研究室。她不知道在臉書上放了什麼，結果被他們共同的朋友和同學看到，鬧得不可開交，現在那個男生準備帶小三來理論。」

「怎麼會鬧成這樣？」陸岳聲覺得不可思議，不就是情侶吵架分手的事嗎？為什麼要鬧得人盡皆知？

梁塵帶著陸岳聲急急趕到數學系的教學大樓，遠遠就能看見李方婷從樓上走下來，迎上另外兩人。

戰火一觸即發。

梁塵剛要朝他們跑過去，就被陸岳聲抓住後衣領。

「怎麼了嗎？」梁塵回頭，困惑地看著陸岳聲。

「妳總得先讓他們談，現在衝過去做什麼？引戰嗎？」

梁塵經他一提醒，終於停下腳步。兩人站在一棵樹後面。

李方婷後頭跟著好幾個學弟，那些學弟唯唯諾諾的樣子，畢竟王一維曾經是他們的學長，更是寫論文、升學遇到難關時可以幫忙解惑和請教的人，再怎麼樣都不敢得罪他。他們一見到王一維，先是恭敬喊了聲學長好，之後就遠遠站在李方婷後面，不知道該怎麼幫忙解決這一團爛帳。

王一維的學妹緊緊拽著他的袖子，看起來無比委屈。她罵李方婷怎麼可以在網路上指責她，還把他們共同的朋友、她的家人全標註進去。

聲音從前方傳過來，梁塵聽得不大清楚，不過重點都聽明白了。

李方婷得意又憤恨地說：「那些都是陳述事實而已，我不只標註了，我還找到妳爸媽的臉書私訊給他們！若要人不知，除非己莫為！」

「你們不過是情侶而已，又不是夫妻，學長他要愛誰、不愛誰都是他的自由，沒犯法也沒礙到別人！」

「妳說什麼歪理啊？長成這副德性他也喜歡妳，還真是不挑欸！是不是只要女的都好啊？」

「妳把那篇文章給我刪了，我們還能好聚好散，否則——」

「否則怎麼樣？你能把我怎麼樣？劈腿的是你又不是我，我還要告訴你的教授，讓所有同學知道你的為人！」李方婷說到恨處，握緊拳頭嘶吼。

王一維氣得高高掄起拳頭，衝向李方婷。她身後的一票學弟正要衝過來阻止，突然那隻高舉的手臂被陸岳聲霸氣地一掌實實握住了。

所有人看向那個陌生的來人。他高出王一維快一顆頭，一雙漂亮的杏眼居高臨下睥睨著他，光是氣勢王一維就足足矮了一大截，他目瞪口呆看著對方。

「情侶劈腿是不犯法，但是如果你打她，你就是違法，我還會請她去驗傷。我們都是證人，我有錄影存證。」

王一維瞪著這個莫名其妙冒出來的傢伙，鬆了拳頭，不解幾乎接近半夜的校園，為什麼會蹦出一個這麼好管閒事的路人。

王一維退回學妹身邊，看著對方走到李方婷的前面，用高大的身體擋住她。

「我不想跟你講話，因為會降低我的智商，但是身為一個人我必須提醒你，要在學術這條路走下去，道德操守可是很重要的。」陸岳聲冷冷地笑了，帥氣的臉卻很不屑。

他又側過頭對李方婷說：「不要浪費時間在這種東西身上。」

李方婷看著他，很感激他願意見義勇為，在三兩句之間弭平了劍拔弩張的氣氛。剛剛她以為自己又要挨揍了……

她發覺遠遠的後方還站著一個人，忽然明白了一切，感激地注視著他們。因為就讀科系和個性的關係，李方婷一直沒有同性朋友，這是第一次有人願意幫她出頭。

「除了相由心生，還有人就是很會把自己搞臭。」陸岳聲涼涼地說，邊從這群人裡退出來，走到梁塵身旁，發現她正慢慢往後退。

王一維目光炯炯，發現了梁塵，畢竟過了這麼多年，一下子他還認不出，不過梁塵的美讓他印象深刻。

王一維恍然大悟，指著他們對李方婷說：「原來是妳的救兵？」

他乾笑兩聲，手指頭移到梁塵的方向，「世界還真是小，妳知道她以前喜歡我嗎？我還是她的初戀，我們差一點點就交往了呢！怎麼樣？小塵有沒有跟妳分享過啊？」王一維報復性地說完就頭也不回地走了，顯然對這段感情一點也不留戀。

李方婷還怔在原地，原本感激的目光變得複雜，一張臉煞白。

王一維走了，學弟們也散場上樓，只剩下他們三個人還留在那裡。

梁塵看到李方婷看她的表情，知道她在介意什麼。

「妳很早就認識王一維了？」李方婷臉色一陣青一陣白。

「妳不要相信他說的，我們回宿舍再說吧？」

「為什麼你們認識，妳卻從來不說？」李方婷傷心失望又帶著憤怒。

陸岳聲嘆了口氣。

「我正猶豫要怎麼告訴妳比較恰當的時候，你們就出事了……」梁塵沒想到事情會來得這麼快、這麼突然、這麼措手不及。

「是不是我們的友誼還不足夠妳告訴我？是不是看到我撿了妳不要的東西，在心裡笑我？還是妳覺得曾經喜歡的男人未來成就可能很高，忌妒我憑什麼跟他在一起，所以打算冷眼看我的笑話？」人心果然都是自私的。

「妳覺得我是那種人嗎？」梁塵脾氣再好也被激怒了。

「同學，妳可以不原諒欺騙妳感情的渣男，但是為什麼要苛責趕過來幫妳的人？」

陸岳聲拉著梁塵遠離李方婷，離開這個烏煙瘴氣的地方。

梁塵被陸岳聲拉著走，心裡難受，雖然知道不及早說出來，可能的後果就是這樣的猜忌和懷疑，但是……

她沒注意腳下，一個踉蹌差點被小石子絆倒。陸岳聲拽住她手臂，緊緊摟住她的肩頭，發現梁塵的眼淚已經滴溼灰色的棉質上衣，變成一灘暈染開的深灰色。

他們回到車上，陸岳聲見她還是沉默不說話，也不想打擾她的情緒。

「她是心情不好，看什麼都很負面才會口不擇言。妳沒有錯，錯的是那個男的。妳本來就沒有告知的義務，不是嗎？」

「我原本不想出面，因為我根本不想再見到王一維。可是李方婷說她只剩下我了，如果我能幫得上忙或者成功阻止她受傷，我都覺得值得，但是沒想到王一維會這麼卑鄙。」

「我對情侶吵架一點興趣都沒有，也不關我的事，是看到他要動手，基於這個原因我才站出來而已。」陸岳聲看一眼時間，已經很晚了。

「現在妳要去哪？回宿舍嗎？」

梁塵看著他，眼眶和鼻頭紅通通的，「我現在還不想回去……」

陸岳聲啟動引擎，梁塵問：「你要去哪裡？」

「陪妳啊！」

陸岳聲漫無目的地開著車子，整個城市在深夜裡倍顯空曠。

他停下車，在便利商店買了兩罐熱飲，一罐給她。

梁塵握著那罐熱可可，慢慢開口：「我承認自己很自私，不想提那些曾經讓我難堪的事。如果我早一點警告李方婷，事情可能就不會鬧成這樣，她也不會被打，是我三心二意害的。」

「怎麼能這麼說？妳還年輕，很多事情沒有遇到過，怎麼知道要如何處理？」

她沒說話，難為情地扯嘴一笑。

陸岳聲把車開上附近的山丘。梁塵一下車就看到整個城市被他們踩在腳下，壯觀的萬家燈火變成迷離的點點螢光，這裡像是一個文明與荒野並存的地方。

她往前走，瞇起眼看著遠方。

陸岳聲深深吸了一口清涼的空氣，轉頭看她，漂亮柔和的側臉，眼神專注而深邃，他從來沒有看過這麼吸引人的側臉。

他拿出手機把今夜的美景拍下來。

「覺得怎麼樣？」

「我從來不知道這裡有這麼棒的夜景，之前李方婷還說要帶我上山……」

「等過陣子她心情好了，就不會那樣說話了。」陸岳聲的大掌輕輕放在她頭上，溫柔地揉了揉。「不要想太多。」

「你看那些燈像不像螢火蟲？我已經有十七年沒看過螢火蟲了。」

「夏天的時候，這裡應該能看到一點螢火蟲，等九月我帶妳來看？」

「謝謝你，沒想到我竟然有機會再看到螢火蟲！」梁塵開心地笑了。「你知道嗎？剛認識你的時候我覺得你超凶的，雖然有點崇拜你，但是完全不敢想像要和你做朋友，沒想到其實你人這麼好。」

「妳崇拜我？」陸岳聲挑眉。

「對啊！吳老師說你很厲害，我可以問你的那些經歷嗎？」

「千萬別聽她亂說，我只是曾經在公開場合說過幾次話而已。」

「喔，我還是覺得你很厲害，你的聲音真的、真的非常好聽！」

「妳真的覺得好聽嗎？」夜深了，他的聲音早已帶著疲憊的沙啞。

「好聽，很……」

「很什麼？」

「我對聲音滿敏感，有些人字正腔圓但是念什麼都像在朗讀文章。有些人為了讓聲音聽起來感性，刻意用氣音說話，像這個時段FM100.2的主持人就是這樣子，感覺起來很刻意、很肉麻。但是你的聲音讓我覺得，不管說什麼都很……性感。」最後那兩個字她說得很小聲。

陸岳聲垂眼看著她，沒有表情，沒有說話。這裡光線微弱，僅有天空皎潔的月色照亮他輪廓分明的臉。

「怎麼了？」是不是他不喜歡別人用這個詞形容他，所以不高興？

「沒事，只是想到以前的一些事。」

「喔……」不是不高興就好。

梁塵對這個城市還很陌生，指著遠方閃爍的一團燈光問那是哪裡，又指著前方問東問西。陸岳聲一一回答她，不厭其煩。這個城市他也才剛剛熟悉，前面幾年他是人在心不在。

「我去過很多城市，在香港和摩納哥時，從高處俯瞰一片像星海般的夜景，那時候我覺得這些都是人工的，看起來差別不大，沒有震撼也沒有深刻的回憶。」他的語氣充滿滄桑。

梁塵有些驚訝，陸岳聲難得提起自己的事。

「是這樣說沒錯。」如果不是發明了電燈，如果不是高樓並立，哪有什麼萬家燈火。「可是這是我第一次看夜景。」她笑。

「今天的夜景美嗎？」陸岳聲溫柔地問。

「美啊……」

「我覺得，」他認真注視著她，話隨著風飄進她耳朵，「再美也比不過妳耀眼。」

梁塵望著他無比專注的眼神。

月明星稀，良辰美景，空氣中像是有什麼在躁動。

她哽住呼吸，「我……」臉上寫滿驚慌和焦慮。

他眉眼都是笑，試圖掩蓋住其他的情緒。

「會不會冷？要不要我上車拿件外套給妳？」陸岳聲打破這分凝重，揉了揉她的頭髮，像是安撫。

「不用了……時間很晚，我想回去了。」

梁塵往回走，一時之間還弄不明白他的話是什麼意思。

陸岳聲看著她的背影，心情比旁邊被風吹亂的雜草還亂。

上了車，陸岳聲問她：「之前不是還說不想回去嗎？」

「我好多了，而且她是我室友，再怎麼逃避終究還是得面對。」

一路上兩人各自沉默，車裡的氣氛變得奇怪又尷尬。

回到宿舍更晚了，臨走前陸岳聲提醒她這幾天盡快到他們公司，最近需要一批測試的工讀生，梁塵點頭道別。

她小心翼翼打開房間的門，發現燈火通明，李方婷還沒睡。

梁塵看見她臉上還有剛哭過的痕跡，悽悽慘慘地看著她。

她在李方婷的注視下走到自己床鋪邊，輕輕地問：「妳還好嗎？」

李方婷突然從椅子上站起來，抱住梁塵。

「對不起，我剛剛心情不好亂發脾氣，妳不要介意。我想清楚了，那些都是妳的私事，妳本來就沒必要告訴我。」

梁塵輕拍她的背，拉著她坐在床上。

「當我認出王一維的時候，一直在想要怎麼告訴妳，才不會讓妳覺得不舒服，而且那也是一段不太好的回憶，要我說出來心裡會很痛。」

「那妳就不要說了。」李方婷連忙阻止。

梁塵還是決定把她高一發生的事，一五一十地告訴李方婷。

「……後來那個學姊在醫院住了半年，回來學校的時候重讀一年。雖然他們吵架的原因不完全是因為我，可是那時有一些謠言，讓我很害怕別人的目光，所以一直過著獨來獨往的校園生活。」

「王一維那個爛人從來沒跟我講過他高中的事，是我太笨了，都沒有打聽清楚……」

「他有心想隱瞞，妳也很難知道啊！不過還好妳跟他分手了，不然還有得妳受的。」她見李方婷沒說話，擔心地問：「妳不會……還要跟他復合吧？」

「怎麼可能？我就算腦子壞掉也不會再跟他見面了！」李方婷激動道。

「嗯，天涯何處無芳草，妳長得這麼漂亮，一定還有很多人追的。」

李方婷瞪大哭得核桃般腫的眼睛，「誰他媽還需要那些臭男人！老娘從今天開始要努力賺錢，存夠了錢就把鈔票砸在男人臉上！」說完又大哭起來。

梁塵驚訝地不知所措。

李方婷要梁塵別理她，去做自己的事，她只好先去洗澡。洗完澡出來李方婷還在哭，她沒談過戀愛，不知道失戀原來是這樣。

這一夜，李方婷逐漸轉小的哭聲伴著她入眠。

其實梁塵根本沒睡好，一整夜斷斷續續地醒來，還夢到了陸岳聲。

她想起他說的那句：「再美也比不過妳耀眼。」

雖然一直告訴自己陸岳聲只是開玩笑，但她心底總覺得哪裡怪怪的，若要深究大概就是女人的第六感。他是不是對她……

她起床的時候李方婷也剛起床。開口說話的聲音是啞的，整張臉也腫得厲害。

梁塵主動把吐司拿出來，抹了抹自己的果醬，裝在她僅有的盤子遞給李方婷。

「吃點吧。」

「謝謝妳，我沒事了。」昨晚大哭一場發洩，從今天開始她不准自己再去想他。「王一維的事就到此為止，我不想再和他有交集了。」

「嗯！」

「昨天幫我的那個人是妳男朋友？」李方婷記得梁塵之前說她沒對象，「剛在一起嗎？怎麼辦……我昨天好像亂講太多話，會不會影響你們感情啊？」

「他不是我男朋友。」

「那就是妳朋友嘍？」

「算是吧。」

「有機會發展嗎？我看他對妳那麼好，而且長得很帥！妳對他有好感吧？」這麼好的男人，她覺得梁塵一定也喜歡他。

她低下頭，什麼話都說不上來。

個性急躁的李方婷難得有耐心慢慢等她，梁塵嚥了口口水，緩緩地說：「我……不會喜歡他。」

「為什麼？像他那樣見義勇為的人不多了！」

「也許有的人覺得要趁年輕好好談幾次戀愛，可是我並沒有這樣想。」

「是不是他是同性戀？還是──」李方婷不懂她到底在想什麼。

「是我個人的問題。」梁塵打斷她的話。

「如果有遇到不錯的男人就追吧！像妳這樣可愛又善良的女孩，我希望妳幸福。」

「是嗎？我也很希望妳幸福。」梁塵真心地說。

「哈！我現在覺得幸福來源就是錢啦！我決定要用加倍的時間打工，在畢業之前賺到我的第一桶金！」

梁塵看著一夜振作的李方婷，終於放下心。

ღ

梁塵沒有去陸岳聲的公司，她親自打了通電話，說期末作業太困難，她有心無力，暫時沒辦法去打工，請他們不用等她。

陸岳聲接到她電話的時候剛開完會，腦子裡沉沉的。

「作業才是學生的本分，好好準備，這件事先暫時擱著無所謂。」他揉了揉眉心，「主持人選拔大賽後來怎麼樣了？」

梁塵沒想到他會關心這件事。

「喔，差不多還是那樣。」

後來她又配了一段卡通惡搞，最近實在是沒有搞笑的心情，之後就沒在經營了，名次一直卡在中間不上不下，偶爾有人說她認真，留言稱讚她。

一個小組成員走近陸岳聲，想和他談剛剛開會的事，被陸岳聲一個手掌揮揮擋下。

他站起來面對辦公室後面那片透明帷幕，時近中午，晴光正好。

「就當作是娛樂，好好玩吧！」既然她說忙，大概也沒辦法花心思在比賽上了。

「嗯，先這樣了，謝謝你，再見。」

陸岳聲打開樂歌進入選拔大賽的頁面，在三百個參賽者之間滑來滑去，那天開車沒看清楚她的頭像是什麼，搜尋梁塵的名字也沒找到。

他印象中好像有看到是一部卡通，找了找，放卡通影片惡搞的人還真不少……

他隨便點開其中一個，被突然的尖叫聲嚇到，急忙關掉。

梁塵忙著準備作業，陸岳聲最近也變得更加忙碌。和幾個國內的時尚雜誌結盟，也簽了幾個穿搭網紅進來，程式開發得還算順利，一切都照著計畫走，匆忙且充實。

只是偶爾在忙完後的散場，喧鬧後的寧靜，他會想起那麼一個人，在星斗和燈海間迷濛而沉醉的側顏。

不過，如果她不來打工，他們之間算是沒有任何交集的機會吧。

陸岳聲回到自己的樂歌首頁，意興闌珊。

過了幾週，梁塵坐在教室裡，準備上吳可寧的課，卻遲遲等不到老師來。後來一個所辦公室助理進來，跟他們說老師身體不舒服，剛剛臨時去了醫院，不過她緊急找了位講者，要來幫他們提前上生涯規畫。

教室一片譁然。

學生開始交頭接耳，她聽見一個在辦公室打工的同學說吳老師好像懷孕了。

聽到懷孕兩個字，梁塵就不疑惑那天老師為什麼讓她去排牛家餅鋪了。聽說懷孕的人都會突然想吃某些食物。

同學們引頸期盼助理說的新講者，不知道老師會請誰來？這麼臨時，不會是系辦公室的學姊吧？

就在這時候，門倏地被打開。

所有人轉頭看著從門口走進來的男人。

他穿一件條紋棉質上衣，墨綠色工作褲，一派輕鬆，若不是知道有講者要來，大概會以為他是來旁聽的學長。

梁塵在底下抿著嘴，覺得緊張，竟然是陸岳聲！

吳老師的確很有可能找他，她怎麼沒想到……

陸岳聲走到電腦桌旁邊，靠著桌子，兩手插在口袋，表情有點冷淡。

「我是陸岳聲，大家都知道我是臨危受命，這堂課也不知道要跟你們說什麼規畫，其實我這個人非必要，還滿不喜歡做規畫的。不如這樣吧！我請大家到旁邊的林蔭咖啡廳喝咖啡，我們隨便聊。」

說完他做了個請的手勢，要眾人往咖啡廳移動。

這是開學以來從來沒有過的事。大家一方面覺得驚奇，另一方面又覺得這個人很有趣。

梁塵快速收拾桌上的東西，背起包包要走，陸岳聲走了過來，跟她一前一後步出教室。

「HI！沒想到會是你。」梁塵說。

「我也沒想到會是我。」吳可寧肚子不舒服，王晉東趕過去，就剩下他了。

「老師沒事吧？」

「其實我也不是很清楚。」他們現在應該還在醫院檢查。

梁塵注意到她今天穿的衣服，竟然是和陸岳聲一樣的白底黑條紋棉質上衣，站在一起簡直像是……

梁塵刻意走快了些。

林蔭咖啡廳只有一桌客人，他們選了一張非常大的長型會議桌，陸岳聲讓大家先選位子，十幾個人分別落坐，梁塵挑了一個離主位比較遠的位子坐。

陸岳聲沒選主位，把椅子搬到旁邊，和大家坐近一些。

服務生送上菜單，眾人開心點餐點飲料，一點上課的氣氛也沒有。

陸岳聲讓大家閒聊自己目前修了哪些課、在忙些什麼，同學間七嘴八舌，顯然已經把陸岳聲當朋友了。

他雖然臉長得有點冷，也不常笑，但是說話的聲音挺溫柔，很快就能打成一片。

葉孟如也修了這堂課，她坐在和陸岳聲同一排的位子，探出頭來，「陸先生，你是我們學校的老師嗎？」

「不是，我在一間APP開發公司上班。」

「哪一間呢？」葉孟如拿出手機想搜尋。

「歡樂程式。」

沒幾秒，葉孟如突然驚呼，「樂歌是你們做的？」

陸岳聲看了斜對面的梁塵一眼，轉過頭回答：「對，但我不是那個組別，所以妳問我樂歌的事，我也沒什麼可以說的。」

一群學生聽到樂歌，話題就突然多了起來，紛紛打開手機，很多人都有下載這個APP。

梁塵無法平復得知這件事的震驚！

為什麼他不早說？之前她還跟他聊了那麼多樂歌的事……

「最近有一個主持人選拔大賽，你們有興趣可以參加，第一名的獎品很豐富。」陸岳聲笑著看梁塵。

梁塵尷尬地抓了抓頭。

葉孟如又接著問：「陸先生畢業之後就一直在做這份工作嗎？」

「是。」

「有人說過你聲音很特別嗎？」

原本大家以為葉孟如要問關於工作上的問題，結果她瞬間就歪樓了。

陸岳聲眼神飄過梁塵，過了幾秒才說：「算有吧！」

「陸先生是吳老師的朋友嗎？」另一個學生問。

「對，她算是我學姊。」

「陸先生也是大傳畢業的？」

「不算是，我是理工學院的。」他刻意避開自己雙主修的事。「對了，我們最近需要一批工讀生來幫忙進行使用者測試，你們要不要來？不會花太多時間，只要幾天而已。」

「測試什麼？」葉孟如有點興趣。

「一套新開發的APP，想請人試用看看，並且給一些使用心得。」

「什麼時間啊？我們課不多，但還是要排排看。」

「你們可以各自來，也可以約好一起來。來了就立刻幫忙測試，以小時為單位，要在這個月底前做好。」

葉孟如想了想，「可以啊，時間挺自由的。」

「那要去的人就找妳登記，可以嗎？」陸岳聲問道。

葉孟如點頭接下任務，「欸！妳要去嗎？」她問對面的梁塵。

梁塵尷尬地笑了一下，從包包裡掏出行事曆，看來看去。

十幾個學生吃了陸岳聲請的餐點飲料，聽到有錢可以賺，又對他的公司好奇，幾乎都向葉孟如報名。

「大家都參加了，只差妳一個。」葉孟如找梁塵去洗手間時這麼說。

「我有點懶。」梁塵小聲地回。

「妳陪我嘛！禮拜三下午妳不是也沒課嗎？那時間我們一起去？」

梁塵拒絕不了她，只好答應。

回到座位時，葉孟如把梁塵的名字也記上去。陸岳聲看得清清楚楚，對梁塵笑了一下。

那一笑，笑得她更加不好意思了。

梁塵和陸岳聲的眼神不時對上，她後悔選了一個對面的位子，眼睛都不知道該往哪裡放，心神不寧。她點的奶油焗烤飯剛剛出爐，冒著熱煙，所有人都開吃了，只有梁塵瞪著自己的食物。

「怎麼了？」陸岳聲關心她。

「沒、沒事。」梁塵趕緊把鋪在飯上面的起司撥開散熱。

「她貓舌頭啦！」葉孟如突然說。昨天她們剛好也去吃焗烤，她也問過一樣的問題。

下了課大家各自散，陸岳聲在櫃檯結帳還沒走，葉孟如拉著梁塵和他道別，梁塵不知道在心虛什麼，連他的眼睛都不敢直視了。

這些細節陸岳聲全看在眼裡。

葉孟如和梁塵一起走回宿舍，半路上，葉孟如說：「陸先生的聲音好特別，我覺得似曾相識。」

這件事梁塵之前也想過，真的很像……

「但是又不太一樣。妳知道我在說什麼嗎？」

「知道，妳是說楊聲吧？」梁塵立刻回答。

「對！妳也這麼覺得對不對？」葉孟如有一種證實了自己想法的興奮感。

「可是很明顯不一樣啊！只能說他們很像，但絕對不是同一個人。」

「嗯……」葉孟如拿出手機，打開她們加的楊聲社團，點了一段錄音播放，聽了一下子，認真地說：「真的不太一樣。」

「對啊，男生聲音相似的應該也很多吧？」

回到宿舍，李方婷還是不在，她最近多接了好幾個家教，忙得不可開交，常常到了睡覺時間才回來，梁塵戲稱她是把宿舍當旅館了。

李方婷那天說了要努力賺錢，立刻說到做到，她說想來想去還是錢可靠，至少錢不會自己長腳跑掉，更不會背叛她，除非是她投資不慎。

忽然間門被豪邁打開，熟悉的巨響，她一聽就知道是李方婷回來了。

「今天怎麼這麼早？」梁塵看了下時間，現在才傍晚六點。

李方婷提著大包包走過來，有氣無力地說：「剛剛騎車的時候，包包放在腳踏墊上，騎到半路，收到的家教費竟然被風吹走了！」

「怎麼會這樣！妳錢沒收好嗎？」

「我一拿到就丟包包裡想趕下一場啊！怎麼知道風這麼大會吹走……」

「多少錢？」

「一千二……」李方婷難過地打開冰箱，「晚餐沒資格在外面吃了，回來自己煮。」

「啊！這個給妳配。」梁塵把一個罐頭遞給她，「不要太難過，錢再賺就有了。」

「嗯……」她無奈地點頭。

失魂落魄地吃完晚餐，李方婷又趕著去下一場家教。

「騎慢一點，不要趕！錢記得收好！」梁塵在門邊叮嚀。

李方婷出門了，手機還留在桌子上，震動不斷，梁塵拿了想追出去，已經沒看見她人，螢幕上顯示的是「廢渣」。

梁塵把手機放在她床上，心裡有點不安，再用棉被蓋起來，就怕再聽到震動聲。

她打算準備明天課堂上的報告，心煩意亂，怎麼寫也寫不好。打開樂歌，滑到參賽介面，左思右想，清了清喉嚨錄下一段話。

「如果讓你選擇這輩子只能沉迷一樣東西，你會選擇錢、運動、網路遊戲還是美食？」

比賽好像沒規定一次要錄多少時間吧？梁塵想了想，又說：

「我這幾年好像對什麼東西都沒有太沉迷，如果認真要說，大概是美食吧！我喜歡看大胃王直播，你呢？下次來做個我看過的大胃王心得分享怎麼樣？」

她按下結束鍵，平日下午APP上的人不多，過了一會有人在下面回覆。

【蹦啾】當然是錢嘍！有錢什麼都好說了，吃美食、玩遊戲都要錢錢的嘛！

【達】安安妳好，我非常喜歡爬山，吃太飽容易短命，歡迎跟我一起從事健康的運動。

【嗶莫】姊姊妳不配音了嗎？我在等妳。（哭臉）

隔幾天上課的時候，梁媽媽打了通電話，梁塵來不及接，沒多久就收到媽媽的訊息，說是今天出差會到學校附近，下了班約她一起吃晚飯。

剛好下午葉孟如找她一起去陸岳聲公司，梁塵就跟母親約在市區餐館見面。

到公司的時候是總機接待她們，梁塵鬆了口氣，現在的她實在不知道該用什麼態度面對陸岳聲。倒是葉孟如有點失望，一直問接待人員陸岳聲什麼時候回來。

進了小房間，她們按照指示使用一款APP，並用紙筆記錄下所有的問題，最後還要填問卷。

果然是之前陸岳聲說的穿搭APP。

梁塵靜下心慢慢研究，操作介面很直覺，很順手。她將自己使用的感覺做了筆記，也記錄下操作時產生的問題。

葉孟如邊玩邊碎念：「沒想到是穿搭APP耶！像我這種衣櫥裡只有三套衣服的人，怎麼可能想下載這個？」

梁塵心裡頓時浮現一些新的想法，又寫下一條建議。

這時候門被打開，因為隔著隔板，她們並沒有注意是誰。

隔板上方遞過一碗豆花，梁塵抬頭，發現是笑得特別溫柔的陸岳聲。

「知道妳貓舌頭，溫的。」

她被他溫柔的笑容蠱惑，不知不覺已經接過豆花，發現葉孟如手上也有一碗。

「謝謝。」她慌亂地低下頭，還是不敢對上他的眼睛。

「外面有訂下午茶，妳們想吃可以一起吃。」陸岳聲說完，她們同時站起來。

陸岳聲擋住了梁塵出去的方向，親切地對葉孟如說：「妳先去，我有點事找她。」

葉孟如的驚奇全寫在臉上，狐疑他們什麼時候變得這麼熟？

「用起來覺得怎樣？」待葉孟如帶上門，陸岳聲問她。

「我都寫在紙上了。」梁塵緊張地比了比桌上的紙。

「妳發現了嗎？這裡面有一些是我們那天討論過的點子。」

「嗯……」梁塵兩隻手背在身後，看著地板回答。

「為了感謝妳的協助，我想請妳吃飯。」

「不用了，你已經請我很多次了。」梁塵還是不敢和他對視，只要一看到他的眼睛，她就會想起那晚的事，尷尬得無以復加。

「梁塵。」陸岳聲對著她壓得低低的頭說：「也許之前跟妳開過玩笑，讓妳覺得看夜景那天我也是隨便說說的，但我說的都是肺腑之言，我是認真的。」

陸岳聲忍不住想再次確認，梁塵是不是把他的話當作玩笑，而她不喜歡這樣？還是說，她對他的心跡表露覺得很困擾？

梁塵覺得全身僵硬，一個字也回答不出來。她沒想到陸岳聲會在這個時間、這個地點主動提起這件事。

「我不知道妳怎麼想的，但是我覺得我們是不是——」

「對不起！」她緊閉著眼睛喊出這三個字，打斷陸岳聲的話。

梁塵勉強抬起頭，滿臉通紅地看著他，她心裡很激動，手腳都在發抖。

「我、我問卷做完了，我先走了，對不起，再見。」梁塵隨便抓了椅子上的包包，奪門而出。

小房間的門沒關上，裡頭剩陸岳聲一個人，白色燈管、白色桌子、白色地磚將他的臉映照得更加冰冷。他拿起梁塵寫過的紙，上面的建議欄目有一行字。

不穿搭的人還是不會點進來下載。好看很重要，比價、材質應該也很重要。

陸岳聲盯著那張紙看了一會，有人走了進來。

「心悅誠服股份有限公司的總經理來了，在會客室等——」話還沒說完，就被一個爽朗的女聲打斷。

「Hello！」聲音的主人見門沒關，就走到門口熱情地對陸岳聲打招呼。

陸岳聲回頭，嚴肅的臉勉強勾起一抹淡淡的笑容，「抱歉，請稍等我五分鐘。」他招來旁邊的組員，「我們考慮看看用什麼獎勵的方式，鼓勵會員順手建立材質檔案和舒適程度的指標。」

「嗯？」對方一臉茫然。

「一定有一些人比較在意材質，注重舒適度高於美觀。」他把梁塵那張問卷塞過去。

那位組員認真看了一會，「這是剛剛那兩個人進來做的問卷？她們人呢？」他明明有提醒走之前要跟他登記資料。

「其中一個先離開了，另一個在外面。離開的那位叫梁塵——」陸岳聲還沒交代完，門口的女士走了進來。

「梁塵？我有聽錯嗎？」她走到陸岳聲面前，「哪個梁塵？她來你們公司做什麼？」

ღ

梁塵跟葉孟如說她有急事就匆匆忙忙跑了，一路狂奔到公車站，上了車還把身分證當成搭車卡，刷了半天刷不過，直到司機提醒她才回神。

回到宿舍，梁塵一言不發，狼狽地坐在地上。正準備吃飯的李方婷看她不太對勁，過來關心她。

「怎麼了嗎？」

「沒、沒事。」

「妳怎麼哭了？」

「我、我有一點害怕……」梁塵欲言又止。

李方婷輕拍她的背安撫，「到底發生什麼事了？妳可以告訴我嗎？」

梁塵抹掉眼淚，沒說話。

「如果是學業跟不上，妳不用太擔心，論文寫不出來，妳可以找個厲害一點的指導教授啊！」

梁塵搖搖頭。

「那是男人的事嗎？」女人的第六感告訴她。「我覺得王爛渣那件事妳真的不必自責，下次遇到對象，我們把對方好好調查清楚，就不會受傷了。」

「不是，不是因為那個……」梁塵縮成一團，更加不知所措。

「妳還好嗎？」看見梁塵還在哭，李方婷緊張得絞著手指頭。「妳不要想太多，沒人怪妳的，當初我講那些話自己也很後悔，希望妳不要計較。」

「……不是王一維的事。」梁塵又搖頭，「對不起，我現在心裡很亂。」

「嗯，沒關係，妳不要太煩惱了。這樣吧！我明天把家教排開，晚上要不要一起逛街吃飯？」

「不好意思，我沒有心情逛街……」

「那我明天買東西回來，我們一起吃。」李方婷笑著摸了摸梁塵的頭。

她感激地看著李方婷，「謝謝妳。」

梁塵的手機響了，她一時困惑是誰，忽然想起來跟媽媽的晚餐約會，急忙接起電話。

「媽！對不起！我忘了……」梁塵沮喪地說，「好，我在校門口等妳。」她拿起包包，對李方婷交代了聲，慌慌張張出門。

梁塵還沒走到校門口，遠遠就看到媽媽提著公事包從對面走過來。

媽媽開心地朝她笑，拉住她的手。「才跟妳講過的事怎麼這麼快就忘記？」

「事情一多就忘了，最近比較忙。」梁塵說得有點心虛。

她們一起走到學校大門，「還好有人載我過來，最近在談一個合作。」梁媽媽對著停在遠處的黑色車子揮手，那輛轎車緩緩倒車，停在她們眼前。

梁塵看著眼熟，黑漆漆的車窗緩緩降下，一張精緻深邃五官的臉對她一笑。

梁塵傻了，不明白這是怎麼一回事。

「剛剛在陸先生公司談事情，聽說你們也認識？」梁媽媽在車來人往的校門口問她。

梁塵抿著嘴，艱難地點頭。

「那我們就順便一起吃個飯吧？」梁媽媽打開後車門讓她坐進去。

梁塵擰緊衣襬，不太情願地上車。

「聽說妳下午還在歡樂程式，什麼時候接打工了都沒跟媽媽說。」

梁塵吞了吞口水，一時之間不知道該怎麼解釋她跟陸岳聲之間的事。

「林總，梁塵和她同學也不算是在打工，就只是來幫忙我們談的那個APP做一些測試。」

陸岳聲單手轉著方向盤，將車子駛向馬路。

「妳運動會的時候感冒還頂著鴨嗓上臺，回來也沒跟家裡說，最近天氣變化大要多穿點衣服，怎麼一離開家就生病呢？」

這件事太難解釋，梁塵和陸岳聲都沉默了。

想必剛剛陸岳聲已經把他們認識的原因和經過都告訴媽媽了，梁塵心裡糾結。

到了餐廳，陸岳聲讓她們先下車，自己去停車。梁媽媽領著梁塵進去邊說：「那天送妳回學校的人想必就是他吧？」

梁塵緊張地點頭。

「雖然才見過兩次，不過陸先生這個人氣質不錯，媽媽同意你們來往，可以多觀察看看。」

梁塵急忙解釋，「我跟他沒什麼，妳不要亂想。」

「好好好，最好是像妳說的那樣沒什麼，我就等著看吧！」

服務生帶她們就座後沒多久，陸岳聲也進來了。一張桌三個人，梁媽媽俐落點完自己的餐，繼續和陸岳聲談工作上的事。

陸岳聲打開菜單又合起來，推給梁塵，對她溫柔一笑，「點妳喜歡吃的。」

梁塵不好意思地接過菜單，偷偷用餘光瞥媽媽一眼，深怕被她發現什麼。

一直到菜送上來，整個談話還圍繞在工作上。

梁媽媽的公司是本土服飾品牌，員工差不多三、四十人，這幾年透過代理的方式把品牌擴展到亞洲各國。這次和陸岳聲接觸，她覺得是個好機會，願意全力配合他的穿搭APP做任何廣告和置入，算是一種互利的關係。

梁塵在旁邊吃著沙拉，聽他們說話，偶爾幾次不小心和陸岳聲對上眼，趕緊低頭緊盯自己的碗。

下午在他公司發生的事實在太尷尬了，如果她沒跑掉不知道會發生什麼狀況，現在還要同桌吃飯，她覺得消化不良。

不過陸岳聲完全沒再提他們之間的事，梁塵也稍稍放下心，確定他不是一個被拒絕就翻臉、或者窮追不捨的人。

吃到最後，陸岳聲把他那份甜點推到梁塵眼前。她想拒絕，又無法在他們熱絡討論之間插嘴，只好默默接下他的蛋糕。

這些細微的事全看在梁媽媽眼裡。

這頓飯梁塵表面上是個跟班，跟著兩個談公事的人吃吃喝喝，實則暗濤洶湧，三個人的心底都在猜測著彼此。

吃飽也談完公事，陸岳聲提議先送梁媽媽到車站搭車，再送梁塵回學校。

梁塵一聽心裡又開始緊張，一想到兩個人會獨處，就不知道該怎麼辦。

「先送小塵回學校吧，這樣應該比較順路，小塵別送我了，趕緊回宿舍休息。」梁媽媽說。

梁塵欲言又止時，陸岳聲已經開車出發了。

路上梁媽媽跟她聊家裡的事，說爸爸剛出差回來，買了她愛吃的巧克力，有空記得回家。聊沒幾句學校就到了，梁塵跟媽媽道別完，對上陸岳聲的眼睛，禮貌性地跟他點點頭。

他眼底依舊是溫柔的笑意，她突然覺得心頭有一點酸，酸得發緊。

第五章　洶湧而來的

梁塵獨自走進夜晚寧靜的校園，對於陸岳聲下午說的那些話，剛剛的態度，她並不是無動於衷，也不是厭惡，而是恐懼和焦慮。對於要將友誼關係再更進一步，她一直覺得惶恐……

回到房間，李方婷剛洗完澡，臉上敷著面膜在打論文。梁塵打開電腦，看了幾段大胃王美女影片，忽然手機叫了幾聲。她拿起來，打開樂歌。

【Sheng已加妳好友。】

看到那串英文名字，她先是驚訝，再來是困惑，像他那樣從來不回覆留言、不互動的人怎麼會突然加她好友？她點入那串訊息，連到Sheng的樂歌頁面，發現剛剛有新的錄音上傳。標題是〈回覆〉。

「妳說如果這輩子只能選擇沉迷一樣東西，我們會選擇什麼？我想告訴妳，我不沉迷金錢、遊戲、良辰美景，我只沉迷於妳。」

他的語氣真摯而肯定，有一股非她不可的氣勢。

不同於Sheng以往刻意壓低嗓音的呢喃語氣，他的聲音慢慢從喇叭擴散開來，是Sheng之前從來沒有過的溫柔，沒有過的深情。梁塵一下子就溼了眼眶，緊緊摀住嘴巴不敢置信，這個人竟然真的是陸岳聲！

雖然她之前懷疑過，但是真人的聲音跟透過錄音設備擷取的聲音，多多少少還是不太一樣，加上他故意用別的方式說話，她真的認不太出來。

好友是剛剛加的，錄音是剛剛發的。可是陸岳聲是怎麼知道她的？

她再更新一次畫面，下面跑出許多留言。

【裸奔的沙丁瑜】（臉紅）（臉紅）

【芙蘿拉】謝謝你！我愛你！我生生世世愛你！

【古月哥欠】這招好。

【果蠅姊姊】啊啊啊！是誰？是誰？

梁塵緊張得手心都溼了，新留言一直跑出來，嚇得她心驚膽顫。

她正要回到自己頁面把那天亂錄的檔案刪掉，免得被這些躁動的群眾發現時，看到嗶莫的留言。

【嗶莫】是@貓舌頭

沒幾秒的時間，她的樂歌錄音多了好幾十好幾百的點擊。刪都來不及刪。

她現在才發現，參賽的錄音發出去之後是無法刪除的……

原本乏人問津的頁面底下開始跳出留言。

【芙蘿拉】為什麼！為什麼！妳把我的小哥哥搶走了！（滾地）

【果蠅姊姊】含淚祝福你們！沒想到這個APP還能這樣玩！

【達】有一好沒兩好，聲音好聽，真相可能是顆大西瓜！

螢幕後面的陸岳聲看著留言逐漸增加，主人卻沒有絲毫動靜的樂歌畫面。

他想，梁塵應該很快就會發現了吧？

如果不是梁塵一直躲著他，原本陸岳聲沒想過要讓Sheng身分曝光，這個帳號是為了當初的一個賭約隨便建立的，而且他對自己的表現相當不滿意。

一切就是這麼巧，他靈機一動搜尋了「貓舌頭」這個名字，真的有一個參賽者叫「貓舌頭」，還發過卡通配音，仔細一聽她最後一次發的問題，聲音和梁塵有八九成像。

更巧合的是，她的追蹤列裡面唯一的一個帳號竟然是他！這是不是表示她之前一直在靜靜聽他說話……

難掩心中的複雜情感，陸岳聲盯著貓舌頭那張小小的蛋糕頭貼，雖然被稱讚已經是習以為常的事，他還是會因為有人在充滿機械線路的喇叭之後，欣賞他的話、他的聲音而感動。

做出這樣的舉動，完全不是他的風格，但他還是決定衝動一回。

回應讓梁塵的點擊率上升了。

她在比賽規則的人氣部分，一下子衝到第五名，這是預料到的結果。

如果私下的表露不足以撼動她，那這樣義無反顧的衝動和決心，足不足以讓她動心？

送梁媽媽去車站的時候，陸岳聲聽她說到梁塵。

「那個孩子因為一些事防備心重了點，我想她是對你有好感的，在不勉強的方式下，你可以去試著慢慢了解她。」

他以為是王一維的事，導致梁塵恐懼愛情。

「是她高中學長那件事嗎？」

下車前，梁媽媽轉頭看陸岳聲，訝異他竟然知道這件事。

梁媽媽斂下眼，低聲說：「不全然是，這些要她自己來告訴你，如果她願意就會說，你若是急，可以選擇放棄。」說完她就走了。

陸岳聲的腦子一直浮現他們之間的這些對話，太難解太難猜，這一切都只能等梁塵自己開口。

過了好幾天，梁塵的樂歌頁面都沒有動靜，像是人間蒸發一樣，已經算是半棄權的狀態。

隨著比賽截止日到來，她一直沒有更新錄音，總點擊率也沒有再突破，最後是排在人氣第十名，而評審評分出來的分數也不高。

最後，梁塵並沒有得名。

如果不去看樂歌，一切都很平靜，像是什麼都沒發生過一樣。偏偏陸岳聲的心平靜不下來。

太多困惑難解。

穿搭APP進入最後研發階段，日子越發忙碌起來，工作上的壓力層層疊疊累加上來。梁塵也進入期末，到了要確定畢業論文方向的時候。

每個同學都有自己想走的路，要做的事，各自忙碌著。

葉孟如和梁塵在教室遇到就會坐在一起，葉孟如後來還有去過幾次歡樂程式，每次約梁塵都被拒絕，有些小小抱怨。

「有時候遇到陸先生，他都會問妳怎麼沒有一起來耶！你們這麼熟喔？」葉孟如拿出課本攤在桌上。

聽到任何和陸岳聲有關的事，梁塵心裡都會有些忐忑。

「之前因為吳老師的事，有見過幾次面。」梁塵的心底像有什麼在騷動著，是因為發現他還在關心她嗎？

吳可寧的身體檢查後沒有大礙，已經回到學校上課。

下課後她發信找梁塵去辦公事，交代下學期當她TA的事。

梁塵敲門進了老師的研究室，看見滿是書和影印紙的辦公桌上硬是騰出一塊地方，放了些點心餅乾。

吳可寧交代完正事，問她要不要吃點心，可以到桌上拿。

梁塵看了看那些東西，各種餅乾、糖果、蜜餞、包子。光是一天吃這些就夠可怕了，難道老師現在也朝大胃王之路邁進了嗎？

「那包子好吃喔！是附近很有名的。」吳可寧拿出一個塑膠袋裝給她，「這個給妳，下學期就麻煩妳了啊！」

梁塵看著手上的包子，咬了一口，「甜的。」她還以為是鹹包子。

「對啊！最近喜歡的口味都變了，一天到晚想吃甜的，就迷這個芝麻包。」

「說到芝麻包，我記得很多年前我吃過一種菠蘿包，非常非常好吃。不過實在太久了，我忘記那家店的名字。」

「妳說的是香港茶餐廳很有名的菠蘿油吧？裡面包奶油的？」

「對、對！就是那個！很小的時候吃過幾次，外面酥酥的，裡面冰冰涼涼的，口感很特別。」

「唉，前陣子請假，現在工作得加倍，餐餐都在辦公室吃了。」

「老師想吃什麼跟我說，如果我能力可及，可以幫忙送來。」梁塵突然想起上次排隊買牛家餅鋪的事，又想起那天晚上，陸岳聲破天荒和她說了很多很多話。

閒聊幾句，見老師還忙著，梁塵就先走了。

ღ

逛圖書館查資料、借書的日子佔據梁塵的生活。吳可寧收的指導學生已滿，婉拒梁塵的請求，她想做的題目方向也不是老師的專長。

梁塵有些煩惱，想了想又投了幾個教授，其中一位終於給她比較好的回覆。

吃過晚飯，梁塵做完報告，又窩在書桌前看大胃王美女影片。樂歌她已經有好一陣子沒打開，也不敢上去。

大胃王美女這次要挑戰吃一百個奶油麵包，中間還配鮮奶，梁塵看得目瞪口呆。她順手拿起電話打給媽媽。

「我小時候吃過的那家菠蘿油叫什麼店名？要去哪裡買？這附近能不能買到？」

梁媽媽回：「什麼菠蘿油？」她正忙著燙衣服。

「我國中的時候，你們買過的那個菠蘿油啊！」

「我忘記了，我把電話給妳爸爸聽。」

電話轉給梁爸爸，梁塵又問了一次，他也不記得這件事，只說可能是某天下班看到很多人在排隊的店，順手買回家的，詳細店名他也不清楚，大概是間老店。

她試著在網路上搜尋，但只打老店菠蘿油幾個字，跳出來的資訊太過雜亂……

忽然手機響了，這個時間她以為是李方婷忘記帶學生證刷不了門，又要拜託她下去幫忙開門。

梁塵看都沒看就接起電話。

「喂？」

「我給妳送東西來。」寒冷的冬夜，陸岳聲在冷風中低低地說，是他慣有的簡潔和冷靜。

「什、什麼東西？」一陣子沒有聽到他的聲音，那一瞬間梁塵愣了一下，突然又想起他在樂歌的表白，好不容易平靜的心又躁動起來，一發不可收拾。

十二月天，冷風呼嘯，她出宿舍一看，陸岳聲站在深深夜色裡，一身白色運動服，手上的塑膠袋裡，滿滿幾十個都是她朝思暮想的菠蘿油。

他是怎麼知道的？梁塵很困惑，這陣子陸岳聲帶給他的震撼實在太多太多了……

「你、你……我、我，不、不好意思……」這麼冷的天氣，他還特地買來。

陸岳聲撥開黏在她唇上的髮，專注看著她的紅唇一笑。

「外面冷，快進去。」他的聲音隨著風吹進她耳朵，滿是繾綣的溫柔。

梁塵抿著嘴盯著他拿的袋子，一時之間百感交集，兩個人就這麼站著，不管旁人經過投射過來的好奇眼神。

「這種天氣菠蘿油應該不用冰——」

「你等我一下！」梁塵衝回宿舍，隨便抓了件大衣，邊跑邊穿在身上。

她想，該面對的還是要面對，是時候把話說清楚了。

梁塵跑回陸岳聲面前時還很喘。

她拿過袋子，走在前頭，對後面的陸岳聲說：「一起吃吧？」

梁塵帶他到操場邊的涼亭，拿出一個菠蘿油給他。

「你吃一個。」

即使陸岳聲不喜歡吃甜食，他還是收下。

「我正好想吃菠蘿油，這麼剛好……」梁塵驚喜地說。

陸岳聲對著她微笑，梁塵忽然靈光一閃，想起前幾天問媽媽菠蘿油的事，明白為什麼會這麼巧了。

校園內的路燈明亮，還沒到熄燈時間，操場和網球場有一些學生在運動。

陸岳聲正要開口，忽然一旁傳來吵鬧聲，一個十多歲的孩子在哭鬧，梁塵轉頭，看到那孩子被賞了一巴掌。

她抿著嘴，捏緊手上的菠蘿油，又看到孩子的媽媽擰他耳朵。

孩子還在哭鬧，婦人非但沒有安撫孩子，還把他推倒在地上，嚷著不要他了。

梁塵心裡急，放下手上的東西衝過去大喊：「妳怎麼能這樣對一個小孩啊？他還這麼小，妳又打他又推他，有話不能好好講嗎？」梁塵瞥見那孩子的長褲早已不合身，露出來的腿上傷痕累累，她心裡痛，痛得起雞皮疙瘩。

這裡是僻靜的角落，看到有人出來，婦人嚇了一跳。

「我管教自己的小孩，妳管這麼多幹什麼呀？」她心裡不爽快，丟下手上拾荒的袋子，捲起袖子，氣勢十分嚇人，想讓梁塵知難而退。

梁塵嬌小卻也不甘示弱。

她拿出手機報警，婦人拉起孩子就要走，陸岳聲攔住他們的去路。

婦人不斷大聲咒罵，把其他學生也引來了。

梁塵拉起孩子的袖子和褲管，上頭全都是瘀傷。大家唏噓，心裡逐漸明白發生什麼事。

婦人說盡了各種孩子不乖欠人管教的理由，又說他們日子過得悽苦，她和孩子相依為命，出手管教是愛之深責之切，希望大家不要誤會，情況看起來像是梁塵非要小題大作。

沒多久警察來了，把那對母子和梁塵都帶進警局問話，社工後來也到了。

梁塵和陸岳聲把看到的情況一五一十說出來，一開始婦人還否認，那孩子心裡怕，也不敢說出實情。

梁塵走到孩子旁邊，不知道說了什麼他就哭了，哭得很傷心，斷斷續續透露出在家裡被虐打的事。

一查資料，他們確實被列為高風險家庭。

處理了一陣，確認會有人介入關心這個家庭，孩子也會有妥善的安置之後，時間已經很晚了。

梁塵疲憊地走出警局。

陸岳聲很驚訝梁塵的舉動。在他的印象裡，她溫吞的個性和脾氣不像是會做出這些事。

梁塵突然停下腳步，站在人行道上一言不發，臉色看起來不太好。

陸岳聲正想出聲關心，發現她渾身都在發抖。

「冷嗎？」陸岳聲把自己的大衣脫下來蓋在她身上。

「那孩子不只是受虐兒童，原來還目睹了家庭暴力。」她的語氣沉重，「小孩真的很無辜，不是嗎？」她苦笑。

「妳很勇敢。」他由衷地說，眼神裡是欣賞和敬佩。

梁塵搖頭，「我一點也不勇敢，我怕死了。」她拉緊身上的外套，還是抖個不停，原來她不是冷，是害怕得狂發抖。

她走得很慢，陸岳聲陪著她慢慢走。

走沒多遠，她忽然茫然地抬頭看著陸岳聲，淚眼汪汪。

「妳還好嗎？」梁塵的眼神讓他驀地心焦。

她搖頭，咬著唇不敢哭出聲音，眼淚卻嘩啦嘩啦地掉。

「嗯？」陸岳聲認為她是第一次進警察局害怕，或者剛剛精神太緊繃，放鬆後的情緒性崩潰。

他拍拍梁塵的背安撫，她還是哭個不停。

「我送妳回宿舍。」

她緩緩點頭。

路上陸岳聲接到一通電話，王晉東說要留在公司加班，問他在哪裡。

陸岳聲報了路名，王晉東像是找到救星一般，拜託陸岳聲幫他老婆買份東山鴨頭送過去。

陸岳聲聽了一陣無語，不過最近王晉東的計畫正忙，加上前陣子為了吳可寧的身體狀況常請假，現在加班三兩天回不了家是正常的事。

陸岳聲掛斷電話，看向梁塵。

「怎麼了？」她用濃濃的鼻音問。

「妳師丈讓我給吳老師買東山鴨頭。那是什麼？我沒吃過。」

「……我大概知道哪裡有賣，我陪你去買。」她用手背抹去臉上的淚，打起精神。

原本陸岳聲是想讓梁塵先回學校休息，後來想想她情緒不太好，若能有多點時間陪著她也比較安心。

梁塵之前在涼亭到底要和他說什麼，他們今晚都沒心情再談。

買好滷味，陸岳聲帶她來到一棟大樓，電梯停在十二層，他掏出鑰匙非常順手地開門，開燈讓梁塵進去。

客廳裡一個人也沒有。

她正困惑，陸岳聲就說：「吳可寧住在隔壁，她不知道妳要來，可能會覺得唐突，妳在這裡等一下，我馬上回來。」

梁塵獨自呆站在鐵灰色的雙人沙發邊，完全沒想過有一天，她會站在陸岳聲的房子裡。

屋內看起來只有他一個人住，隔間很簡單，客廳和書房是連在一起的開放空間，顯得非常開闊。

高樓的夜景很好，她輕輕拉開一點窗簾看出去，是她逐漸熟悉的城市。

陸岳聲回來沒喊她，進廚房泡了杯茶。

梁塵接過那白色馬克杯，平靜下來之後，她的心情再次沉落谷底。

「想點開心的事，至少那個孩子的事攤在陽光下了，大家都會幫助他。」陸岳聲出聲安慰。

「這樣的孩子還有好多……」

「所以需要有像妳這麼勇敢的人，勇於站出來。」

她低著頭，過了一會才弱弱地問：「那天在樂歌回覆的Sheng是你對不對？」

「對，是我。」陸岳聲心想，她終於肯提這件事了。

「嗯……我今天本來是想跟你說，對不起，我沒有辦法接受你的喜歡。」她垂著眼，盯著自己大衣上的釦子。

陸岳聲看著梁塵壓得低低的頭。

「也許很突然，讓妳覺得錯愕，但是我能知道是什麼原因嗎？」這些日子的相處，陸岳聲以為梁塵對他也是有好感，這麼堅決拒絕他的理由是什麼？

「理由你可能會覺得很可笑，我可以告訴你……」她別過臉，深吸口氣，「愛情除了最初一點曖昧，帶給人的全是眼淚和傷痛，那種太過在乎對方的感覺太恐怖了，這個世界上是沒有所謂永恆不變的愛情。我相信你之前也談過戀愛，那些感情為什麼失敗？為什麼放手？為什麼喜歡過的人最後會沒辦法相處？」

「妳這說法太偏頗了。」陸岳聲心裡有太多為什麼想問，又怕顯得咄咄逼人。「我認為重要的不是有沒有白頭到老，而是在一起的過程，不是每個人都像妳想的那樣。」

陸岳聲認真地接著說：「也有很多情侶攜手走入婚姻，最後廝守到終老，妳看見的只是一部分。」難道區區一個王一維就讓她變成這樣嗎？

「那是你沒經歷過。我也是一個家暴兒童，被人打到瀕死送進醫院才東窗事發，我親眼看見父親把母親打得遍體鱗傷，然後接著打我。剛剛我就是跟那個小弟弟說了這些，才讓他鼓起勇氣說出實情。」她依然低著頭，陸岳聲聽得出她刻意讓自己顯得漠然，而顫抖的話音仍洩漏出她的恐懼。

陸岳聲無法想像梁塵曾經有這樣的過去，她說小時候曾經住在鄉下，他還以為只是去親戚家玩……

「很驚訝吧？我被現在的父母領養，在我七歲的時候。我從來不相信幸運這種事，不過遇到他們之後，我已經把人生中所有的幸運都用完了。」梁塵覺得喉頭苦澀，才發現自己又哭了。深深隱藏在體內的懼怕和絕望又悄悄蔓延，逐漸將她淹沒。

陸岳聲終於明白，因為感同身受，梁塵才會對那個孩子的事這麼激動。

其實梁塵也曾經有過情竇初開的時候，但是經歷過高中那些事之後，她選擇享受人生，而不是讓生活再參雜許多未知數，攪亂她平靜無波的日常。

要說她像烏龜一樣縮在殼裡也好，要說她懦弱自私也好，她覺得就這樣維持現況，等將來爸媽老了照顧他們、報答他們，才是她想做的事。

陸岳聲沒有說話，氣氛讓梁塵覺得尷尬時，他伸出手，輕輕揉了揉她的頭髮，給她暖暖的微笑。

這一笑，讓梁塵無比內疚。

「等我一下，我去拿個東西。有廠商送了瓶香水，我想應該很適合妳。」說完他轉身走進去。

梁塵想，可能是場面太尷尬了，才讓他找藉口離開。那她是不是也應該識相點走了？

她搓一搓發冷的雙手，才剛轉身就看見沒有開燈的書桌後面，有一大片壯觀的CD牆。

她知道陸岳聲喜歡音樂，從他車上聽的CD，和他聽到歌詞就能說出歌名就能得知，但是她無法想像他會熱愛音樂到這種程度。

梁塵走過去仔細一看，眼前估算起來大概有兩三千張CD。

她伸手隨便抽了一張，發現上面竟然還有歌手的親筆簽名。

正要打開來看的時候，陸岳聲在她的身後出聲。

「在那裡做什麼？」

梁塵立刻回頭，像是做壞事被抓到般，尷尬地把CD塞回去。

「對不起，我好奇看了一下。」她懊惱，剛剛不應該動手去摸。

陸岳聲走過來，一手撐著CD牆，將她圈在牆和他的胸膛之間，居高臨下問她。

「好奇什麼？」

他們的臉靠得很近，陸岳聲長長的睫毛遮住一半漂亮的眼睛，眸子幽黑深邃染著誘愛的情愫。他鼻息噴在她臉頰上，近得幾乎就要吻上她。

梁塵緊張地低下頭，將他稍微推開。

陸岳聲也不急，就這麼撐著手臂，看她手足無措的樣子。

他那漂亮的嘴唇就要碰上她了。

「如果我說我就是喜歡妳，妳怎麼辦？」他的聲音離她好近好近，輕輕呢喃。

在光影各半的音樂牆前，她的心蠢蠢欲動。她在陸岳聲的眸中驚見幾許情深，那瓶香水應聲掉落地面，這個吻伴隨檀木和青草的氣味。

梁塵想，她這輩子永遠都忘不了這個吻。

理智在拉扯，沉寂的心在動搖，為這個總是讓她猝不及防的男人。

「啊！我的菠蘿油……」她轉移話題。

「再買給妳……」陸岳聲輕啄她的唇。

「上次的氣球你也說過再買給我……結果還不是沒買——」

「我絕不說謊騙妳，再買給妳……我把我的幸運都給妳……」他們額頭對著額頭，鼻尖對著鼻尖，他想要梁塵正視他。

如果可以，陸岳聲想親自守護、治癒她受傷流血的傷口。只要她不再從他身邊逃走。

陸岳聲送梁塵回宿舍的時候已經過了午夜十二點。李方婷還沒睡，開著電腦，她的宿舍夜生活才正要開始。

李方婷看著梁塵走進來，推了推摘下隱形眼鏡後換上的笨重粗框眼鏡，仔細端詳她一會。

「去哪啦？看起來春風滿面喔！」李方婷直覺她是跟男生出去了，不然平時哪可能在外面待到這麼晚。

「呵……」梁塵沒有多做解釋。她覺得自己狼狽極了，臉上應該還有哭過的痕跡吧！

洗完澡，梁塵跛著腳回到房間，李方婷剛關電腦，準備上床抹瘦腿霜。

「妳腳怎麼啦？」

「剛剛洗澡的時候不小心踢到，還有點痛。」梁塵看了看她的腳趾，恐怕要瘀青了。都是陸岳聲害她這麼魂不守舍！

當時梁塵沒有拒絕陸岳聲的吻，他沒有繼續把話說下去，也沒有要她給出確定的回覆。

也許是怕梁塵再一次堅決拒絕，想再給她一點思考的空間。

陸岳聲載她回學校，一路上兩個人安靜沉默，沒有人願意攪亂這個宣布結局來臨之前，痛苦又快樂的時刻。

李方婷抹完瘦腿霜，拿起手機看了一下，翻了個白眼。

「怎麼了？」她覺得今天好累，精神卻很亢奮，一點也睡不著。

「王一維……」李方婷嘆了口氣，「他說願意跟學妹切斷關係，跟我復合。」

「為什麼?我的意思是,為什麼他又突然……」梁塵永遠都弄不懂王一維到底在想什麼。

「我也不知道。他還說我有東西留在他爸媽家,要我去拿。」

「那妳要去嗎?」她緊張地說。

「我很猶豫,有一些還滿貴的……」

梁塵咬著嘴唇,很想叫李方婷不要去,又不知道這樣說對不對。

「欸!如果是妳,妳去嗎?」李方婷問。

「我?」梁塵不知道她想聽哪種答案,李方婷的猶豫不決似乎在暗示她內心的動搖,「不會吧。」

李方婷躺在床上靠著牆壁抬腿,微蹙著眉,顯然在為這件事苦惱。

梁塵不能明白她的想法,兩個人都鬧到這個地步,談復合是為了什麼?想來想去,她也顧不了那些,現在有更令她覺得煩惱的問題,她和陸岳聲的事該怎麼辦?

也許是曖昧的氣氛太好,也許是第一次接吻,梁塵腦子裡總想起那個吻,深刻得令人難忘。每每想起他看她的炙熱眼神,想起他的吻,就覺得心上好像有指甲在撓,癢得厲害。

隔天梁塵很早起來,應該是說她幾乎沒睡。滑開手機,發現媽媽也在線上,問她下次什麼時候回家,最近過得好不好。

梁塵交代了下學校的近況之後,又問:「媽媽,妳現在還很愛爸爸嗎?」

沒多久媽媽回覆：「妳怎麼突然問這個了？當然愛呀！」

「要怎麼樣才能像你們一樣一直愛著對方？」

梁塵知道爸媽因為她的過去，協議好絕對不在她的面前吵架，他們很努力想給她一個正向、陽光的嶄新人生。

不過有些陰影總是隱藏在她的潛意識裡，平時它就像不曾存在過，縮在一個很不起眼的角落，一旦觸碰就會像漫天大霧，遮天蓋地席捲而來。那些牢牢根植的記憶會一輩子跟隨她，直到她死去。

「應該這樣說，不管是戀愛還是婚姻，都需要獨具慧眼選擇對感情忠誠的人，和他真誠相對，給彼此繼續走下去的勇氣。」

「感覺好困難……」梁塵覺得這真的太難太難了。

「戀愛不一定就要走向婚姻，重要的是過程。如果兩個人都真心付出，就算後來感情失敗了，也會成為妳下一次戀愛很好的警惕。既然會成長又為什麼要害怕呢？妳還這麼年輕。」

梁塵沒有再回話。

有那麼一瞬間，她覺得也許應該勇敢跨出一步，給自己一個機會好好戀愛一次。

也許他們可以像她現在的爸爸媽媽一樣，把愛情昇華成親情，互相照顧一輩子。

也許她也能是個幸運的人，因為他說過……會把幸運都給她。

3

上課前，葉孟如拉著梁塵到教室外面的露天休憩區，一副神神祕祕的樣子。

「昨天楊聲社團的發起人在上面發了一篇文章。」葉孟如把手機遞給梁塵看。

梁塵看見上頭爆料楊聲當年離開電臺的原因，說事隔多年，某次在活動上遇見跟楊聲同期的廣播人，對方偷偷透露楊聲當年是被迫離開，而那個促使他離開的人就是他的前女友。

梁塵看到前女友三個字，覺得這八卦也太勁爆了。

楊聲的前女友也是廣播人，還是他同時段的競爭者，他們在那之前已經因為一些事不歡而散。原本大家以為是良性競爭，可是楊聲實在太紅了，沒想到後來被他前女友陷害，被編排去很冷的時段，等於是發配邊疆，還被一些先前就嫉妒他的同事排擠，他就乾脆辭職不幹了！

梁塵看了這些負面爆料，心情不太好。她把手機還給葉孟如。

「楊聲都離開這麼久了，發這些文做什麼？還不如不看。」怎麼可以這樣詆毀他的男神！

「會給妳看這篇文章不是單單為了這個，而是我發現另一件事。」葉孟如說。

「什麼事?」

「昨天我私底下問了發文的版主,聽說楊聲離開之後,自己成立公司,混得風生水起,不跟那些人玩小格局了,我就突然想到一個人。」

「誰?」梁塵覺得葉孟如好像偵探。

「陸岳聲啊!我之前就覺得他們聲音很像,雖然不太一樣,但是妳知道那個質,氣質。」

「妳聯想力太好了吧?」

「而且他們名字都有一個聲。」

「陸岳聲姓陸,楊聲姓楊。」梁塵提出質疑。

「藝名啊!誰規定藝名一定要用本姓的?」

「這樣妳的推測還是不足以成立,證據太薄弱了。」

「明天是進歡樂程式最後一次測試,我想問問他,妳陪我一起去吧?」

在這個時候去歡樂程式?簡直就像逃跑的羊自動回到羊圈裡待宰。

「走嘛,妳陪我去,給我壯壯膽。」

梁塵看到教授已經在走廊上準備進教室,轉身就要跑,被葉孟如抓住。

「先答應我才讓妳進去。」她威脅。

「我進去想想再告訴妳。」梁塵敷衍道。

「先答應我。」

「好啦好啦，放開我。」

葉孟如露出滿意的微笑，開心地拉著她的手進教室。

陸岳聲就是楊聲這件事，梁塵是無論如何也不相信的。

那天晚上梁塵鼓起勇氣，把閒置已久的樂歌打開，想仔細確認陸岳聲的聲音。

比賽已經落幕，她的介面最後一次的留言還停留在三天前，是賣麥克風的廣告留言。

她深吸口氣，點進Sheng的頁面，〈回覆〉底下有上百條留言，全都是關於他在樂歌上撩妹的評論和猜測，還有一窩蜂的轉發、分享、和一些看熱鬧的人標註她。

她匆匆瀏覽過就退出來。發現今天早上六點十分，Sheng又發了一回錄音，標題是〈慢慢喜歡你〉。

一開頭他出聲，聽起來是剛起床帶了點鼻音和沙啞的聲音，特別慵懶。梁塵不由自主想像起陸岳聲在她剛去過的那間屋子裡，剛起床的樣子，可能頭髮還有一點亂。她的耳根子就熱了。

「這是一個因為打賭輸了而註冊的帳號，所以之前莫名其妙發了那麼多錄音，謝謝大家的抬愛，我說過的每一句話都是出自真心。最近我認識了一個女孩，因為相處我慢慢喜歡上她。我想告訴她，結局是要靠我們自己去創造，妳不能對我這麼不公平，還沒試煉就先判我出局。不論過去如何，希望妳能給我一次機會喜歡妳。」

聽到這裡，梁塵心一揪。

接著他開始哼前奏，搭配木吉他，輕輕唱起那首〈慢慢喜歡你〉。

慢慢喜歡你，慢慢地親密，慢慢聊自己，慢慢和你走在一起，慢慢我想配合你，慢慢把我給你，慢慢喜歡你，慢慢地回憶，慢慢地陪你慢慢地老去，因為慢慢是個最好的原因。剛才吻了你一下，你也喜歡對嗎？不然怎麼一直牽我的手不放？

（〈慢慢喜歡你〉詞曲：李榮浩）

他略帶鼻音的嗓音溫柔又深情，最後旋律漸漸變慢，戛然而止……

梁塵腦袋一片空白，愣了幾分鐘，心裡就像掀起滔天巨浪般澎湃洶湧。

她緊緊握住桌上那瓶殘存曖昧氣味的香水，空氣中飄著的味道，是那天的吻。

她在他的〈慢慢喜歡你〉頁面下默默地點讚。

隔天準備去歡樂程式前，梁塵接到葉孟如的電話，說她肚子痛，人不太舒服，不能去了。

梁塵原本就是抱著陪葉孟如去的打算，現在她說不去，梁塵當然也不想去。

「妳還是要去喔！派妳去把事情打聽清楚。」

「為什麼是我？萬一問出來，不管答案是或不是都很尷尬啊！」

「妳跟陸先生關係不是還滿好的嗎？他不會介意啦！回答是或不是而已，沒那麼嚴重。唉呀！我肚子好痛，先這樣。」

梁塵硬著頭皮出門，不過到歡樂程式的時候並沒有看到陸岳聲。她稍稍鬆一口氣，祈禱他不要出現。

她用修改好的程式再次做測試，發現每件衣物上方，自動跳出同類型衣物的比價幅度，還有提供輸入衣物材質的選項。

她很意外陸岳聲會加入這些功能，畢竟要多花時間，也增加了溝通整理的複雜程度。

出了測試間天都快黑了，梁塵正要離開，忽然櫃檯的總機請她到陸岳聲的辦公室。

她忐忑又尷尬地走進去。

陸岳聲在文件裡抬頭看見她，站了起來，俊眉朗目，更吸引她的是他開口時，那溫柔的嗓音。

「今天晚餐後的甜點就點妳喜歡的吧？」他低聲對她說。

玻璃窗外的餘暉灑落在陸岳聲身上，他側著光，那一刻，梁塵覺得他的聲音就像嚴冬裡的暖陽。

想起昨天他的〈慢慢喜歡你〉，她笑了。

他們一前一後走進停車場，梁塵一路盯著自己鞋尖，那天的吻還在隱隱發燙。

陸岳聲心情很好，即使這個時間最會塞車也不影響他的好心情。

晚餐地點梁塵讓陸岳聲選，最後他們決定在一間日式料理店用餐。

包廂裡很安靜。一開始陸岳聲問她的課業，梁塵只管回答問題。

後來陸岳聲說起APP預計上架的時間，謝謝她和同學們這段日子的幫忙。

梁塵搖搖頭，臉就熱了。

「這陣子忙著debug之外，我花很多時間在拉廣告，心悅誠服股份有限公司也將跟我們合作。今天與妳母親通過電話，她真的是個很開朗的人。」

本來他們團隊的人就不多，廣告全都是陸岳聲拉的，最近說了不少話，算是破了他這幾年的紀錄。

「對啊！她是全世界最最好的媽媽了。」梁塵支著頭，想到她這幾天該訂車票回家了。

他看見她的眼睛裡彷彿有月光，也忍不住跟著微笑。

晚餐後的甜點送上來，梁塵抿著嘴盯著那碗紅豆湯。陸岳聲知道她在想什麼，把自己桌前那份抹茶果凍推到她面前。

同時抬頭對視的眼睛裡，有著不言而喻的悸動。

拿起湯勺，梁塵忽然抬眼看著他，猶豫了一番才緩緩開口。

「想跟你說，我覺得你的聲音很好聽。」

陸岳聲拿勺子的手頓了一下，「是嗎？謝謝。」

他心情很好，臉上始終掛著愉快的笑容。

「你聲音好聽又說得字正腔圓，以前是不是受過專業的訓練？」

「妳指的是什麼訓練？」他瞇起眼睛依舊對她笑。

「例如……廣播電臺之類的。」

陸岳聲揚起的嘴角還掛在臉上，眨了眨眼睛，「沒有。」

梁塵了然點頭，繼續專心喝紅豆湯。

吃完飯，陸岳聲送她回去，兩個人一起在校園裡漫步。

夜間的校園還是有不少學生，走了一會，陸岳聲看見籃球場上幾個男孩在打球，他轉頭問梁塵：「會打籃球嗎？」

梁塵搖搖頭，「會是會，但沒有很會打……投十球都進不了三球吧！」

她想起高中體育課，籃球投十中不了三被罰跑操場，回來再繼續投到中為止的慘烈往事。

陸岳聲又問：「是不是以前都沒人陪妳打？」

她默默地點頭。

陸岳聲看看球場，「要不要一起打打球？」

梁塵皺著臉猛搖頭，她最怕跟別人一起打球了，總覺得隨時會被砸中頭。

「他們看起來球技不錯，我想下去跟他們打一場。」他躍躍欲試。

梁塵點頭，她也很想看陸岳聲打球的樣子。

他脫下外套遞給她幫忙拿著，就進到球場中問那些學生能不能讓他加入。

沒多久，陸岳聲完美融入一群學生之中。

梁塵專心注視著陸岳聲熟練運球的樣子，連她這個外行人都看得出來他是真的會打球。不僅具有十足十的架勢，投球準度也是一流，想必他經常練球。

旁邊幾個像是系隊經理和女同學，很快就發現表現突出的陸岳聲，交頭接耳在談論他是哪個所的研究生還是老師？

遠遠飄過來的聲音中，梁塵聽見有人說他很帥。

陸岳聲是真的很帥，有著一副好皮相又有魅力……

她手上還抱著他的黑色羊毛大衣，不知道是不是錯覺，她覺得外套一直飄來那瓶香水的氣味。她確定他沒往這邊看，偷偷地把外套放在鼻子前面，仔細聞了聞。

陸岳聲從後場運球飛奔到前場，轉頭看向梁塵，就看到這一幕。

她臉埋在他外套裡，整個人僵住，覺得身體好熱好熱。

陸岳聲勾唇朝她一笑，轉頭跳躍投籃，額前落髮輕揚，隨著躍起而往上移動的連帽衣底下，可以想見賁起的肌肉線條。

梁塵的頭埋得更低了，完全不能再看他一眼。她的心臟就快要爆炸……

她緩緩往後退，退到角落。

陸岳聲再次轉頭注意到球場外時，梁塵已經不見了。他正想打電話找她，突然看到她從遠處急忙跑來。

寒冬中，梁塵的鼻子凍得通紅，面頰上也是紅紅的。陸岳聲呼吸一窒，凝視著她一路跑來的身影。她總是這樣，出其不意就讓他心動。

陸岳聲看她咧嘴笑著遞出手裡的粉色毛巾，接過之前，他用還算乾淨的手背抹了抹她紅紅的臉，露出寵溺的微笑。

天外忽然飛來一顆球，直直朝梁塵的頭砸來，陸岳聲反應快替她拍掉球，梁塵抱著頭嚇得發抖，一個字也說不出來。

陸岳聲將手掌覆在她捂著頭的手上，輕聲說：「膽小鬼，沒事了。」

梁塵慢慢鬆開手，他在她鬆軟的髮上輕輕揉了揉。

她看著陸岳聲，雙眼滿布驚懼。陸岳聲正想說籃球這麼遠打來，打到了也不會太痛時，覆在她頭上的手摸到一塊微凸的疤。

他的喉頭一哽，話又吞了回去。

「沒事了，我們走吧。」陸岳聲牽起她的手，將她遠遠帶離球場。

「我一直很怕從天飛來的大球，籃球、排球、躲避球我都沒辦法玩。」梁塵細數她懼怕的球類。

陸岳聲猜想到原因，沒有再追問下去。

走過一段路，梁塵意識到他們之間的曖昧，鬆開他的手，藉口要他趕快擦汗。

「知道嗎？我一定要追到妳。」妳遲早會是我的。

梁塵連耳根子都紅了，她慶幸自己今天沒綁頭髮。她完全無法招架他……

陸岳聲擦完汗，穿上外套，很自然地拉起她的手，「我渴了。」

他們走到校園裡的便利商店，買了一罐運動飲料和果汁，坐在店門口的椅子上。

買宵夜路過的學生，眼睛總往他們這裡飄，感受到關注的眼神，梁塵再一次體會到陸岳聲外貌太顯眼的事實。

「他們都在看你。」梁塵看向商店門口，就連店裡挑選東西的人，眼光都時不時看向這裡。

「他們是在看『我們』。」他勾起微嚇的唇角。

陸岳聲心想，梁塵一定不知道她的魅力，與其說是看他，不如說是他們兩個在一起的畫面太惹眼。

梁塵不明白他的意思，還有些困惑，但她沒想太久，就提起剛剛的事。

「你籃球打得很好啊！」還有什麼是他不會做的事？

「以前打得普通，後來這幾年開始熱愛各種體育活動，什麼都想學一學。」陸岳聲旋上飲料的瓶蓋，漂亮的手指修長有力，連指甲都乾乾淨淨。

「妳小時候不是很會爬樹嗎？要不要下次一起去攀岩？附近有室內體育館。」

梁塵為難地搖頭，「真的都忘光了。」

「這種東西應該跟學騎腳踏車一樣，一旦學會了，就有一輩子也忘不了的記憶。」

「可能吧！不過現在體能不行了。」自從來到都市之後她就鮮少運動了，頂多跟同學一起參加社團。

「那妳喜歡什麼運動？」陸岳聲好奇。

梁塵本來想說桌球，但是自從大學三年級離開系隊，沒人可以互練，她就不曾再打過了。

「爬山吧。」這是梁塵唯一能想到可以獨自做的運動，還能親近大自然，她很喜歡。

「爬山？我也滿喜歡爬山，有時間我們一起去？」陸岳聲笑得杏眼彎彎，叫人看了就無法拒絕。

「好……」

陸岳聲堅持送她回宿舍，梁塵拗不過他，最後和他在宿舍前道別。

「這裡我很熟，而且燈又亮，很安全，不用特地陪我回來，你剛運動完，我怕你吹風感冒了。」梁塵擔心地說。

「沒關係，剛剛都擦乾了。我以後天天都來好不好？」

梁塵覺得他說的每一句話都好好聽。

「為、為什麼?」她正想說,他難道都不忙嗎?

「我想讓妳天天見到我,就天天忘不了我。」也許是說了一天的話,此刻他的聲音略帶沙啞,低低的、柔柔的。

陸岳聲的聲音聽在她耳裡多了點甜味。梁塵瞇起眼睛,覺得他的聲音透過耳朵像電流一般,觸動她的心。

「我進去了,你也趕快回去吧!」她說話時略帶嬌羞,陸岳聲覺得可愛。

他看著她消失在樓梯轉角才離開,對著手上那條粉色毛巾笑了笑。

梁塵回房間時李方婷不在,這個時間她應該要回來了。在聽過李方婷的近況之後,她不在的原因令梁塵擔憂。

不會是去王一維家了吧?

她撥打李方婷的手機,無人接聽。梁塵很緊張。

就在她打到第十次的時候,李方婷回來了。

「去哪了?剛剛打好幾通電話找不到妳。」梁塵急問。

「跟學生家長談點事耽誤了時間。剛剛在走路,沒感覺到電話震動。」

「喔。」梁塵坐回書桌前打開電腦,看到葉孟如傍晚迫不及待傳來的訊息。

「怎麼樣?」

梁塵沒有任何猶豫地回覆:「不是他。」

「是喔！怎麼會這麼像？」葉孟如秒回，顯然正在電腦前。

「不像！一點都不像！」她不想再討論這個話題。

回覆完，梁塵關了螢幕跟李方婷聊起來。

李方婷剛收完晒乾的衣服，抱怨著某個家教學生不好好讀書的事。

「……他媽媽很擔心他成績退步才找家教，結果他用各種理由不上課，也等於是浪費我的時間，我寧願把這個時段拿去用在認真用功的學生身上。」

「妳現在到底兼了幾個家教啊？」梁塵好奇。

「四個。我目前把星期日空下來，有時候做為補課用，或是突然要meeting之類的。」

「妳好拚命。」

「對啊，想先存點錢。畢業後不知道什麼時候才能找到工作，得先未雨綢繆。」

梁塵突然意識到再過一個學期，李方婷就要畢業了。

「別累壞身體。」

「我知道。」李方婷看了看手上又在震動的手機，對話有些心猿意馬。

訂完回家的車票，梁塵給媽媽發了訊息。

隔天早上她收到回覆，說是讓她退掉車票。

梁媽媽知道陸岳聲也是C城人，那天剛好想約他來家裡吃頓飯。

梁塵回：「妳怎麼知道他會去？」

放下手機，她在長髮上紮了髮圈。

手機螢幕跳出新訊息：「剛剛收到他的回信，他會在校門口等妳。」

梁塵想，媽媽怎麼會突然請陸岳聲吃飯？後來又想到他們現在有合作關係，要她搭個順風車也不是太奇怪的事，尤其他的目的地是她家啊……

不過媽媽很少請工作上的夥伴在家吃飯，這是不是表示媽媽很喜歡他？

最近陸岳聲完全佔據了她的生活、她的思緒，她時常會想起他，想他說的話，想他說話的表情。她總是忍不住打開樂歌，反覆點遍他的錄音，想聽他呢喃，每一次聽心臟都是怦怦地狂跳。

她知道心裡正期待著與他的下一次見面，這就是愛情吧？

ღ

回家這天，梁塵先去所辦公室交了簽定指導教授的單子，剛從大樓走出來就接到李方婷的電話。

「喂？喂？妳有沒有在宿舍？」

「怎麼了？我在所辦，剛走出來。」梁塵想她是不是又忘記帶鑰匙。

「那個……我想拜託妳一件事，我的衣櫥打開第一個抽屜，最裡面有一疊錢，是我原本要拿去存的，可不可以幫我拿出來，交給我學弟？他會在女宿門口等妳，他戴黑框眼鏡穿紅衣服。」

「發生什麼事了嗎？」

「情況很複雜，總之就是家教學生受傷了，我需要一筆錢……」

梁塵直覺是醫藥費，但是為什麼是由李方婷來付？

她聽起來很急，梁塵趕緊回宿舍把錢取出來，確認好金額之後交給她電話裡說的那個學弟。

梁塵問了一下情況，學弟也不是很清楚，拿了錢就離開了。

梁塵打電話給李方婷，確認她已經收到錢，要她好好照顧自己。

李方婷沒多說什麼，讓梁塵趕緊回家好好休息，補一補身體。她聽李方婷說話沒什麼異狀，就放心了。

梁塵到了校門口，陸岳聲主動把她的行李袋放在後座。後車門一打開，她就看見一顆跟那晚排牛家餅鋪一模一樣的造型氣球，只不過裡頭的小氣球變成愛心形狀。大愛心包著各色小愛心氣球，被車子裡的冷氣吹得一蹦一蹦，裡頭的小愛心也跟著翻滾。

「答應要送給妳的。」他說。

梁塵臉上一熱，上了車，音響播放的已經不是上次那張唱片。

水晶音樂清脆悅耳，她想起在陸岳聲家看見的CD牆，那天的吻太震撼，她忘了看見唱片牆的事。

「你CD好多喔！」

陸岳聲扭頭對她笑了一下。

「你很喜歡音樂嗎？」梁塵問。

「對啊！聽歌是一種習慣。」

「我有陣子念書非常喜歡聽廣播，簡直到著迷的程度，那幾年聽最多歌了。」

陸岳聲笑笑沒有接話。

梁塵抿著嘴偷看他一眼，發現他正專心開車，就不再多話。

水晶音樂輪播完兩次，陸岳聲指著她身前的櫃子要她打開來，選裡面的其他CD出來播放。

梁塵照他的指示打開，翻了翻裡面十幾張CD，全都是四五年前的專輯，她想陸岳聲一定很念舊，畢竟現在的人都習慣下載數位音樂，誰還保留這些？

她傾身還沒選好，陸岳聲忽然喊道：「小心！」

梁塵來不及抬頭，雖然有繫安全帶，整個身體還是往前衝去。

陸岳聲一手抓著方向盤，另一隻手伸過來護著她。

梁塵撞上他的手臂再往後彈回椅背，陸岳聲先是確認她沒事，隨即對前方車輛狂按喇叭，表示不滿。

「怎麼了？」她餘悸猶存。

「那臺車明明要右轉卻打左轉的方向燈，不是很奇怪嗎？這麼危險的事！」陸岳聲很不高興，「沒事吧？」

「沒、沒事。」

他嘆了口氣，邊搖頭，繼續往前開。

梁塵把落到臉頰上的髮勾到耳後，又抹了抹人中上的汗。

陸岳聲的手緩緩疊放在她腿上的那隻手，突如其來的舉動原本讓她嚇到，卻感覺到他指尖的冰冷。

梁塵想了想，拍拍他的手背說：「沒事呀！」

陸岳聲收緊她的手，緊緊握在他大大的手掌裡。

梁塵任由他握了一會，才小聲地說：「專心開車……」

通勤時段國道總是塞車。進入C城，車速總在四、五十上下。梁塵靠著椅背發呆，想到樂歌的主持人大賽結束，前三名優勝者已經出現在首頁的專屬明星空間，進行節目錄音。

梁塵曾經好奇點進去聽過，三個主持人全都是嬌聲嬌氣的柔弱女聲。至於主題，第一集還算認真，到後來變成日常閒聊居多。

「你有沒有想過也在樂歌首頁弄一個專屬空間，做你的廣播啊？」梁塵覺得如果是陸岳聲來做，肯定比她們好十倍、百倍不止。

「沒有。」

「為什麼?你做得很好啊!依你之前的人氣,可以用一個『樂歌超高人氣感動男聲』的稱號來主持,沒人敢說什麼吧?」

梁塵想,廣播電臺的DJ都還要靠節目製作和企劃來整理和準備,而陸岳聲自己就可以撐起全部,簡直比專業的更專業。她真的很希望他能一展長才,想讓大家知道有一個人的聲音很棒,很有想法,很優秀。

這種感覺就像很喜歡一個明星,會想到處推廣,讓更多人推崇和欣賞一樣。

「沒有時間。事實上,我昨天只睡三小時,一個新團隊需要很多時間磨合,我們還沒找到新的UI,我自己要當產品經理還要兼UI,雖然公司不打卡,但是事情沒處理完,每天壓力也是很大。」

梁塵現在才知道,原來陸岳聲要忙這麼多事。

後來他們到了梁塵家,陸岳聲把車子停在門口,她下車拿了自己的行李,還有那顆氣球。

她把氣球藏在身後,進家門發現媽媽還在廚房。

「媽!我們回來了!」梁塵喊完立刻跑進房間,獨留陸岳聲在客廳。

梁塵把行李袋和氣球丟在房間裡,她怕媽媽看到氣球會問東問西,到時候還要從牛家餅鋪的事情交代起,那就沒完沒了了。

房間外傳來梁媽媽和陸岳聲寒暄的聲音。

「小塵，客人才剛來怎麼就躲房間裡了？」梁媽媽在外面喊。

梁塵趕緊出來倒茶招待陸岳聲。梁爸爸聽到聲音也從房間走出來，看見陸岳聲時表情嚴肅，鐵青著臉。

很快就開飯了，四個人在餐桌上，話是梁媽媽說得最多，一方面也感謝他對梁塵的照顧。梁爸爸多是觀察的眼神，不太說話，後來他從櫃子裡拿出一罐威士忌，問陸岳聲會不會喝。

陸岳聲歉然一笑，梁爸爸顯得不太高興。

「陸先生在外面談生意不喝酒嗎？」

「唉呀！陸先生開車來的，你讓他喝了等一下怎麼回去？而且他今天又不是來談生意。」梁媽媽急著打圓場，在桌子底下用力踢了踢梁爸爸的腳。

「我不好意思掃了伯父的興致，不過晚點確實還要開車回老家，怕不安全，下次有機會我一定奉陪，陪您喝到不醉不歸，好嗎？」陸岳聲客氣地說。

「不要喝啦！這個有什麼好喝的……」梁塵給爸爸盛碗湯。

梁爸爸沒有再多說什麼，吃完飯自己悶悶地坐到客廳去，陸岳聲吃飽也過去和梁爸爸坐在一起，看看電視，試圖和他攀談。

梁塵發現其實陸岳聲滿能聊天，竟然靠著一個行腳節目聊開了。她進房間稍微整理一下行李，也把沾了灰塵的書桌擦乾靜。

還沒整理完房門被敲響，她開門看，是陸岳聲。

「方便進來嗎？」他客氣地笑著問。

梁塵點點頭，她的房間也沒什麼怕他看的。她把門大開，讓陸岳聲參觀。

「梁爸爸個性很可愛，跟妳很像。」陸岳聲說。

梁塵覺得怪不好意思的。

環顧她的房間，陸岳聲覺得跟他想像的差不多，就是年輕女孩的房間，真要說特別，大概是那有點雜亂的書桌。

「我在整理一些舊東西，有些很猶豫要不要丟掉，覺得丟了好像很可惜。」梁塵解釋書桌上的「盛況」。

陸岳聲看見桌上好幾本打開的筆記本，正要走過去，梁塵忽然被媽媽叫出去。

他走到書桌前，看著打開的其中一本筆記，內容寫著：

同學知道那件事之後，開始對我有點冷淡。媽媽說是我太敏感，要我不要一直去想。我知道不是我敏感，而是他們始終認為我是壓倒王一維和學姊的最後一根稻草。我知道即使他們不討厭我，也是提防我的。他們說，我很會勾引男人，但我真的沒有。女孩們不喜歡我，不想跟我做朋友。

最近發現FM100.2有一個主持人的聲音好好聽，很溫暖、很感性，他有好多粉絲，我也要成為他的小粉絲之一。

楊聲陪我度過很多一個人的時光。我愛楊聲。

陸岳聲被內容震懾，伸手往後翻，又看到一段話：

我覺得現在這樣也滿好的，我做自己的事，不用交際也不需要課後再跟誰social。我不喜歡他們私下總要偷偷地把那件事又拿出來說。

那件事還是跟著我，如影隨形。我知道自己沒有錯，但總覺得他們用不一樣的眼光看我。

今天楊聲說，我們自始至終知道自己要的是什麼，只是我們有沒有勇氣去追尋罷了。這句話讓我想了很久。

再下一回，他看見橫紋紙上寫：

如果要認真形容他的聲音，就像是在悄然無聲的暮色裡漾出一道微光，連晚風都為他沉寂。

我今天不顧其他人的眼光在論壇表白了，好瘋狂。他依舊沒有回應，一直都是這樣，神神祕祕。

陸岳聲心臟緊縮，瞇起眼睛把幾行字看個仔細。

翻到最後，只剩下四個字——

他不見了。

日期是他離開的那一天。

第六章　戀聲的時光

陸岳聲深呼吸，但他還是無法平復心情，當年在電臺論壇用一句話三行字表白的粉絲是她？

他一直記得這件事，當時覺得留言很特別，留的人也很有才華，他只讀過一次就記下來，沒想到這個人竟然是梁塵？

他想起她在車上說過的話，她迷過廣播一陣子，原來是……

梁塵回來房間叫他出去吃水果，發現陸岳聲的目光盯著她桌上的筆記本，難為情地趕緊闔上本子。

「高中時候寫的無病呻吟，你看了？」她想到內容臉都紅了。

陸岳聲深深吐了口氣，「對不起，看到了一點。」

「沒關係啦！也沒有什麼祕密，就是有點不好意思。」梁塵抓了抓臉，推他出去客廳。

陸岳聲一口也吃不下，梁媽媽提了點工作上的事，好奇陸岳聲開發穿搭APP的動機。

他簡單地說，因為對社交結合購物的主題很有興趣，覺得有商機。

梁媽媽點頭附和，對陸岳聲的想法很是欣賞。

沒多久陸岳聲說要去外頭走走，梁塵也跟著出去。

他回頭看見她追出來的身影，勾起唇角，「要不要把氣球拿出來玩？」

「才不要！我要留著欣賞。」這次她一定要留起來做紀念。

陸岳聲笑了笑，靠在路邊牆上，冬天的夜晚很冷。梁塵站在他旁邊，察覺到他的異狀，「你是不是心情不好？」

「沒有。」他對她淺淺一笑，「妳說妳高中很迷廣播，就是指楊聲的節目吧？」

「對呀！那時候他突然消失，我不知道難過了多久，世界就像天崩地裂一樣，後來我也明白『喜歡』這種感覺太不切實際了，遠不如考試出來的成績，不管幾分它就是真實地存在那裡。」

她又說：「不過最近我發現，葉孟如以前竟然也是楊聲的忠實粉絲，她還介紹我加入一個社團，裡面上傳好多以前楊聲的節目，聽著聽著覺得好像又回到從前。那個時候我人緣不太好，應該是說我很排斥交朋友，除了追連續劇，楊聲的節目大概是我心靈唯一的寄託吧！我喜歡他開設的主題單元，很喜歡很喜歡。」

「後來呢？」

梁塵看他一眼，「後來他就消失了，當時有人打電話、寫信去電臺問，也沒有任何下落。我覺得好可惜，為什麼這麼棒的人消失了。」

「妳覺得……他很棒？」

「嗯，他是我聽過最好的廣播主持人沒有之一。」

「妳喜歡他的聲音嗎？」

「非常非常喜歡。」

「那我呢？」此時陸岳聲背著光，她看不到他任何表情。

梁塵當他吃醋了。

「你們兩個是不一樣的感覺，屬性完全不同。楊聲的聲音清亮，聽起來很陽光也比較活潑，你的話，應該是屬於療癒系的那種。」

「什麼意思？」

「就是……比較知性……性感吧。聽你說話心裡會覺得很安心。」她有些尷尬。

梁塵看不清楚陸岳聲的臉，只聽到他笑了。

陸岳聲伸出手比了比她家的方向，他們一起回到屋子裡。

向梁父梁母道別後，陸岳聲就離開了。他降下車窗問梁塵哪一天回學校，她沒有思考就回答星期日。

「星期日下午我要去外地出差，可能沒辦法載妳了。」

梁塵理解，學校跟機場的方向完全不同，她點點頭，「我可以自己坐火車回去。」她朝陸岳聲笑得很溫柔。

陸岳聲看了她一會，朝她伸出手。

梁塵羞澀地第一次主動握住他的手，放在她的手掌心。

「出差……要去多久？」

「還不確定，估計一週吧！事情早點處理完就能回來。」他嚴肅認真地回答。

陸岳聲這樣的表情讓梁塵有些生疏，淡漠的就好像是最初認識的那個他，她有點慌。

她把他骨節分明的大掌放在自己雙手裡輕輕撫摸，想把依依不捨的情感傳遞給他。

「那……你好好工作，把事情處理完，我會等你。」說最後幾個字時，梁塵感受到自己怦怦亂跳的悸動。

這次，她鼓足了勇氣。

聽了她的話，陸岳聲的眼睛笑成彎彎的月牙。他瞇著眼睛看她的時候特別迷人，梁塵正想著，陸岳聲就放開她的手，將車駛離梁宅。

進屋時，客廳只剩爸爸在看電視，梁塵不自然地越過客廳回到房間。

她抱著氣球，心裡想，好想把這顆氣球帶回學校啊！

週日，梁塵婉拒爸爸要載她的提議，一個人搭火車回學校。

梁塵拎著行李到了門口，爸爸眼神裡透露著不捨，載她去火車站的路上，念她帶兩個大行李多重多累，梁塵甜笑著說她更怕爸爸累，明天還要上班。

搭了車，一路上除了對爸爸不捨的眼神感到難受以外，她都在想陸岳聲。以前同在一座城市，從來沒有現在這種想見卻不能見的感覺。

之前梁塵刻意逃避他對她的情感，刻意不想他、不找他，刻意不想聽見自己心裡的答案。現在敞開心胸接受之後，忽然覺得心裡空空的，有點失落。

大概是因為才一開始想確立他們的關係，他就不在身邊了吧。她心裡總覺得焦躁不安，有太多想知道的事，關於他的，還有他們以後的……

突然，還很想念陸岳聲牽著她的手，還有他的聲音。

她好想和他說說話……

梁塵凝視車窗外流逝的風景，心裡猜測著陸岳聲什麼時間會打來。

如果能說上一句話就好了，她不貪心。

藍天白雲被聳立高樓遮蔽，時隱時現。天色已近黃昏，天邊的倦鳥知返，而梁塵卻正要展翅離巢……

回到宿舍房間，梁塵把其中一個行李袋打開，裡面只塞了一顆心型氣球。她知道這樣很傻，但是她就是想這麼做。

李方婷回來，看見梁塵的椅子上綁著一顆造型氣球，好奇地問：「這氣球哪裡來的啊？」

「朋友送的。」

「喔！男朋友？」李方婷興奮地說。

梁塵沒有回答，只是笑了笑。李方婷鬧她，一臉八卦的樣子。

「對了，妳那個家教學生還好嗎？」

聽到梁塵提起這件事，李方婷臉色一變。

「沒事啊！沒事！」她一副不想繼續說的樣子，梁塵沒再問下去。

梁塵盯著自己的手機，以為陸岳聲起飛之前，會打通電話或發個訊息給她。

但是都沒有。

等到了深夜，飛機早該落地的時間，他還是沒有發來任何消息。

梁塵趴在床上，看著螢幕上陸岳聲的小小頭貼。她善解人意地想他大概是累了，也許明天就會跟她聯絡，現在先不要吵他。

更深人靜，整個世界靜得彷彿剩下她一個人，梁塵想起和陸岳聲相處的點點滴滴。

一開始陸岳聲給她的感覺是灑脫又有點冷漠，後來覺得他其實還算健談，只是偶爾似乎會刻意跳開某些不想談的話題。無論是哪種樣子，他那種外冷內熱的性子，她都喜歡。

梁塵躲在暖烘烘的被子裡，聽著外頭凍得狂風呼嘯，手機的微弱光線瞬間映照她的臉。嘆了口氣，確認還是沒有他的消息，她關掉螢幕，把臉埋進枕頭。

第二天，陸岳聲依舊沒有聯絡她。

梁塵想他一定是為了能趕快回來，很努力在洽公。即使一整天手裡老是握著電話不放，刷手機的頻率多到眼睛都瘦了，她還是忍住想打給他的衝動，沒有煩他。

那天傍晚，梁塵下課在校外買了點漢堡薯條，打算回宿舍配影片吃，在穿過活動大樓前遇到李方婷。

她看見李方婷和一個高大的男高中生站在一起，不知道在說什麼。男孩的手搭在李方婷肩上。

那條路是回宿舍的必經之路，梁塵正猶豫要不要過去，李方婷已經轉頭看見她了，她的臉上掛著一抹不自然的笑容。

穿著制服的男學生鼻梁上貼著一塊紗布，眉毛旁邊也有瘀傷。

李方婷垂下眼沒有看她。

梁塵想了幾秒，好像也沒立場在這裡說什麼，弱弱地開口：「先走了。」就逕自回到宿舍。

房間裡的愛心氣球已經消氣大半，乾癟癟地飄浮在半空。

梁塵不知道陸岳聲到底有多忙，但他已經超過兩天沒和她聯絡。

葉孟如這時剛好問梁塵在哪裡，知道她房間沒有其他人，便帶了便當過來和她一起吃。快期末了，一堆作業要交，葉孟如跟她邊吃邊討論作業題目。那天上課，老師叫她改期末小論的題目，希望她們可以利用這次作業拿去投稿期刊。

討論期間，梁塵習慣性地滑了幾次手機。

「妳在等人呀？」

「沒有啊。」梁塵有些意興闌珊。

都過了下班時間了吧?陸岳聲人在哪呢?她覺得自己好糟糕,為什麼在分開的時候才這麼想他。這兩天老是心神不寧,上課忘了帶筆,出門忘了帶學生證都是小事,今天報告的時候印錯PPT才是最糗的。

葉孟如突然說:「陸先生是不是對妳有好感啊?」

梁塵還是盯著手機,沒回話。

「我覺得他對妳有點特別。」

梁塵嘴角微勾,他是對她很特別呀!但她現在更在乎的,是陸岳聲在這個時間點消失,究竟是怎麼回事?

葉孟如吃完便當,拿出紙筆把剛剛討論出來的意見寫下來,邊問梁塵找到指導教授了沒。

最後確定他們找的是不同人,但是都一樣嚴格。

「我覺得我兩年畢不了業。」葉孟如哀號。

梁塵又去點開手機,熟練得像反射動作。

葉孟如探頭過去看,發現那小小的頭貼,「欸!這張照片似曾相識。」

梁塵趕緊關掉螢幕。

「你不覺得這個人的角度很像楊聲嗎?只不過好像壯了點?」

梁塵嗆了嗆口水,差點嗆到。腦海浮現楊聲唯一的那張照片和陸岳聲的頭貼。

「楊聲比較瘦，兩個人起碼差了快十公斤吧！」梁塵說。

「沒有這麼誇張啦！有健身看起來比較壯。」葉孟如分析。

「妳拍的那張照片到底是不是楊聲本人都不知道，就在那邊亂猜。」梁塵把最後一口漢堡吃完。

葉孟如離開後房間又剩下梁塵一個人，猶豫了不知多久，手機反反覆覆地拿起來又放下，最終她鼓起勇氣傳訊息給陸岳聲。

「一切都好嗎？」

陸岳聲一整晚沒回覆，梁塵分分秒秒在懊惱自己是不是問錯問題，換成別的說不定他就回了。

是不是他發現她太無趣、太無聊了？還是嫌她煩？她焦慮不安，滿腦子都是陸岳聲的事，相思成災。也許是想佔有他的嫉妒心作祟，她很害怕他們之間出現這樣的空白。

梁塵連吃宵夜的心情都沒了，看完當天的大胃王美女影片準備要睡，手機才跳出視窗。

「我很好，也很忙。早點睡，別熬壞身體。」

梁塵看了很久，久到視線都足以把螢幕燒了。

他應該是真的很忙吧！她揣摩過他所有可能的語氣，最終還是最想親耳聽他說。

梁塵打開樂歌接上耳機，準備複習許久沒聽見的聲音。

房門忽然打開，梁塵坐起來，看著李方婷走進來。

猶豫了一下，她還是決定開口問：「發生什麼事了？」

李方婷坐在床上，愣了一會，臉色蒼白，她的眼神轉往梁塵，卻一個字都說不出來。她欲言又止，最終只說了一句：「沒事。」

「嗯，快去洗澡，再晚一點水又不熱了。」每個人總有點祕密，她不想說的心情，梁塵可以理解。

梁塵趴回床上，閉上眼睛專心聽陸岳聲說話。想到那天陸岳聲看到她筆記本之後的反應，沒想過他竟然會吃這種醋，覺得有些好笑。

她在鍵盤上敲了幾個字，按了傳送。

「現在正在聽著你的聲音等待入睡。晚安。」

一直到她睡著，陸岳聲都沒有回。

早上醒來，梁塵心情很失落。如果愛一個人會有副作用，那她現在真是百分之百發作了。沒想到才剛開始準備談戀愛，就馬上面臨這種患得患失。

李方婷比她更早起床，已經在桌子前化妝。剛抹完粉底，還是難掩眼瞼下的深深眼圈。

梁塵洗漱回來，看見李方婷已經換好衣服。她的手機一直在震動，不知道震動過多少輪了。梁塵看著她慢悠悠地整理包包，一點也沒有要接電話的意思。

當電話不再響，宿舍外頭忽然傳來吵鬧的喊叫聲，一開始梁塵以為是誰的男朋友在叫對方趕緊下樓，認真一聽，叫的名字是李方婷！

她拉開窗簾，探頭出去看，是昨天和李方婷在一起的高中生。

梁塵的視線飄到李方婷那，她捂著臉很無奈的樣子。

「之前我不是跟妳說有個家教學生都不讀書，他媽媽很頭痛嗎？」

「嗯。」

「他上禮拜跟我告白，說他喜歡我。」

梁塵瞪大眼睛看著她。

「拜託！知道我們差幾歲嗎？」梁塵還來不及掰出手指算，李方婷先說：「七歲啊！是七歲！」

「所以妳拒絕他了。」梁塵可以猜到。

「當然拒絕啊……」李方婷很崩潰。

她下樓去找那個男學生，把他拉離宿舍，樓下頓時安靜下來。

這幾天霸王寒流來襲，梁塵想起陸岳聲，不知道他所在的地方是不是也這麼冷？

「這邊今天只有九度，你那邊呢？」

她發完訊息，拎起包包出門。

過了中午，陸岳聲回她，「我不太怕冷，注意保暖，別感冒了。」

儘管她不斷揣摩他可能的語氣，但是這回覆太不像她認識的陸岳聲了，變得疏離又冷淡。

梁塵不知道他怎麼了，出差之後一切都冷靜下來，她想也許陸岳聲忽然就不喜歡她了也不一定。漸漸地梁塵不再給他發訊息，他也不曾再聯絡她，日子一天一天過去，他們就此斷了聯繫。

感情這種事本來就沒個準，全憑感覺。昨天還說愛妳，今天可能就為了吃一頓飯翻臉。如果是有原因的還好，最可怕的是像這樣默默的就淡了，不愛就是不愛了⋯⋯

好不容易在感情上跨出第一步，梁塵非常挫折。除了上課以外，她幾乎窩在宿舍裡看影片或者寫期末作業，與外界隔絕。

原來人與人之間的關係要維持，需要兩個人都有心；要斷，是這麼簡單容易⋯⋯

直到那一天，梁塵看見李方婷又和王一維走在一起。他們三個人互相看著對方，那種尷尬不言而喻。

也許是之前信誓旦旦導致的尷尬，又或許是復合後開始在意梁塵曾經是王一維追求的對象，李方婷和梁塵的話越來越少。

一個人待著的時間長，她覺得心竟然靜得有些慌。

雖然知道每個人都是生命裡的過客，總有分別的時候，那些掙扎和不捨還是牢牢深植在心底，讓她覺得難過。李方婷是，陸岳聲更是。

隔天早上，梁塵接到一通陌生來電，是歡樂程式打來的，說她之前留的資料可能有誤，要她重新提供一次。

打電話的人她認識，去了幾次，有交談過，對方也知道她和陸岳聲私下是朋友。

確認完個人資料，那人忽然說：「陸先生出差完突然說要散心，事情交代後請了特休人就不見了，妳知道他到底……啊！算了，沒事沒事，當我沒問。」

梁塵還來不及消化她的話，對方就急著把電話掛掉。

梁塵完全不知道這件事，她的心情重重跌落谷底。

為什麼沒有告訴她？這期間他們還有通過訊息，為什麼他隻字不提？他到底去了哪裡？

這一切太不尋常、太詭異，梁塵摸不著頭緒。

那天在她家吃飯，她那麼主動和積極地表現，難道陸岳聲沒有察覺她已經接受他的追求嗎？這樣對一個剛在一起的女朋友，是不是太過分了？

梁塵打開忽然閃燈的手機，有一則未讀訊息。

裡頭一句話也沒有，是張照片，一片乾淨透亮的藍天。

她猜不出來陸岳聲在哪裡。

原本想問他怎麼突然請假跑得不見人影，還想質問他這樣對她到底是什麼意思？想想又覺得他不像是突然把工作丟下跑走的人，會有這樣不尋常的舉動也許是有什麼事吧？一直逼問，可能會給他更大的壓力。

「你在哪裡?」

梁塵吐了口氣,刪掉幾十個字,留下這句發送出去。

下午,梁塵騎腳踏車去買一些生活用品時,在貨架前聽見有人叫她。

她驚訝地回頭,對這個陌生的聲音感到困惑。

女人把手上的東西塞進梁塵手裡就走了。她原先以為是推銷還是試吃品,低頭一看手心,是張紙條。

「對不起。」

梁塵看了一會,慢慢想起來。

那個女人的神情和以前完全不一樣,一時之間她無法認出。

梁塵追出去,大聲喊:「學姊!」

對方回頭看,原本想繼續走,最後還是停下腳步,看著梁塵朝她跑來。

「我想,這大概就是緣分吧!這幾年,我每次想起妳就覺得愧疚。以前的我脾氣很不好,遷怒妳,讓妳很難做人吧?那時我心裡充滿仇恨和比較,很不諒解妳,過這麼多年,事後想想,覺得那段時間特別可笑,也很對不起妳。大概是我的念力起作用了,竟然在這裡遇見妳……對不起,請妳原諒我當年的苛責。」

梁塵聽完她的話,有些黑暗和老朽的過去在心裡逐漸暈開淡去。

時間真的可以改變一個人很多……

「謝謝妳告訴我這些話，過去的事我們以後都不要再提了，好嗎？」事實上，這一兩年梁塵已經很少去想那些事。

「那妳原諒我了嗎？」

梁塵勾起唇角，點點頭，給她一個擁抱。

她能感覺到學姊在微微顫抖著。

她們一起走到商店門口坐下，聊聊這幾年彼此都做了些什麼。

梁塵靜靜地聽學姊說，她雖然出院之後重讀一年，但是大學考得不理想，重考過一次，大三結束時又降轉到現在這所學校。學姊自嘲她的求學生涯算是坎坷的了。

梁塵不知道在想什麼，一直沒有說話。

後來學姊也沉默了，她們看著對方，梁塵顯得欲言又止。

「怎麼了嗎？」

「沒事……」

「妳不會是想提他吧？我知道他也在這座城市。」學姊瞬間沒了表情。

過了一會她又說：「妳知道嗎？我發現有一種人是靠著別人的崇拜和喜歡過活。那個人生存的意義大概就是這個樣子。」

「妳……還恨他嗎？」

學姊搖頭，「是我自己沒長眼睛看不清楚，又過於偏執才導致那樣的結局，恨他有什麼用？他依舊過得很好，也不在乎我恨不恨他，何必為了那種人繼續傷心。」

梁塵點點頭，想起了李方婷。

學姊雲淡風輕地吐了一口氣，釋然地說：「今天真的是一場很美好的相遇，心上的大石頭終於可以放下了。」

她站起來，握了握梁塵的手，「保重喔，我先走了！」

看著學姊瀟灑遠去的背影，梁塵忽然覺得成長過程中，很多事說穿了都是兀自糾結罷了。

梁塵拿出手機，拍了眼前看到的這片天空，傳給陸岳聲。

「一樣是天空，我看到的，和你看到的肯定不一樣，對吧？我也想知道你眼睛裡的世界是怎麼樣的。」

回學校時，她在校門口看見李方婷認識的男高中生站在那，看起來像是在等人，梁塵避開他走過去。

這幾天的天氣實在凍得人受不了，梁塵不太耐寒，雙腳時常是冰的。她坐在椅子上拿吹風機吹腳，想吹暖了再去睡。

手機滴滴叫了幾聲，梁塵趕忙拿起來看。陸岳聲又傳了張照片，他所在的地方下雪了。

梁塵看著一片白茫茫的雪景，困惑這究竟是哪裡？雪地上有個綠綠的東西吸引她的注意。

她下載照片，將那綠綠的東西放大研究了一會，覺得眼熟。

睡覺前她靈光一閃，上網查了一款最近網路上很紅的手機模擬遊戲，「旅行的可愛動物們」。

白雪捏出了青蛙的樣子，不知道哪裡弄來的綠葉是青蛙的帽子，合起來很相像。

陸岳聲想告訴她什麼？

小青蛙不告而別四處旅行，沿途給主人寄張照片回來，告知自己的去向。

陸岳聲想告訴她，他只是想出去走走嗎？

宿舍樓下傳來男女吵架的聲音。研究生宿舍區向來安靜，梁塵不是湊熱鬧的人，但聽那聲音覺得很耳熟，打開窗戶看出去，是李方婷和那個男學生在吵架。

梁塵下樓，開了宿舍大門就聽見李方婷說：「他能給我的你能給嗎？你養得起我嗎？你問我為什麼這麼拚命打工，我告訴你真正的實話，就是我窮怕了！我要錢！我愛死錢了！你連高中能不能畢業都不知道，憑什麼說你愛我？你幾歲我幾歲？難道約會的時候還要我幫你出錢嗎？上摩鐵的時候我還要體諒你窮，幫你買保險套、出房間錢嗎？你清醒點吧！」

梁塵退回宿舍裡，看見李方婷在幽暗裡那張憤怒又絕望的臉。

男孩低著頭沒有再說話，大概是李方婷說得太狠太絕，讓他尊嚴掃地。他轉頭離開，梁塵也走上樓，獨留李方婷一個人蹲在原地大哭。

感情的事太複雜了。

最近宿舍的氣氛愁雲慘霧，面臨了感情的低潮，也面臨著友誼的考驗。

李方婷回來時早已不見臉上的淚，梁塵看著她急忙拿衣服去洗澡，出來又匆匆吹乾頭髮躲進被窩裡，顯然不想跟她交談。

猶豫了一會，梁塵還是沒吵她休息，熄了燈，房間陷入黑暗，只剩薄布窗簾遮不住的月光流瀉。

半睡半醒間，床頭手機傳來震動。

梁塵打開手機，這次是高樓夜景。那裡不再空曠，各色各樣的燈光好似人間星辰，女兒牆上有一隻和下午一樣的冰青蛙。

青蛙背對著螢幕，像是在看夜景。

她怎麼覺得這隻青蛙有點孤獨呢？

梁塵回覆：「蛙蛙散心完記得趕快回來。想你的人在等你。」

陸岳聲每天都給梁塵發幾張照片，她努力從照片裡解讀陸岳聲的情緒。

梁塵發現他的旅行漫無目的，有時候正中午還留在飯店裡，晚上在街上閒晃。她發現他不在國內，但也不是太遠的地方，路邊招牌上還寫著中文。

後來梁塵只接收他的照片，默默點閱，沒有再回覆任何訊息。

她想，他要的應該不是她的回應，而是想讓她放心。

每一張照片都是花草風景之類的青青色調，沒有其他人，不熱鬧，畫面凝固在她和他目光的幽幽深處。

這麼多天了，她還是摸不透陸岳聲不告而別的緣由。她猜他大概是對出差的結果不甚滿意，不高興。

那天，梁塵剛熬完通宵把期末小論寫出來，想上床補眠。

陸岳聲照慣例傳訊息來，這次卻不再是雪捏的旅行青蛙。

他回來了。

他們同在一個城市。她在清晨的照片裡看到一塊廣告招牌，上面斗大的字，讓她心臟登時緊縮。

不會吧？梁塵看了好幾次，確定上面寫的字是「樂眾廣播」。

陸岳聲為什麼拍這個給她看？

沒多久，他又傳來一張控音室裡的照片，原本她以為是陸岳聲從網路上抓的，但牆壁上的電子時鐘日期確實是今天沒錯。

為什麼他能在樂眾來去自如？

答案在梁塵心底呼之欲出，她仍然不想相信。

怎麼可能？

她立刻撥電話給他，這次她不要再猜。她想聽他親口說，把所有的事一五一十告訴她！

偏偏陸岳聲怎麼樣也不接電話。

梁塵傳訊息不斷催促他。

「快接我電話！」

「快接！為什麼不接？」

陸岳聲的電話是通的，卻一直不接聽。

「對不起。不是故意不接妳電話，而是我每每想按下接聽，卻不知道要怎麼『開口』。這些天我漫無目的地遊蕩，在夜晚無燈的街，清冷的巷口徘徊。白天看著一個又一個的人從我身邊匆促走過，我也和他們一樣，有工作有人生目標，我不懂我對自己的人生還有什麼不滿足？」

「也許因為人生中的遺憾總是容易被一再放大，所以顯得我心胸狹小。這些年來，我刻意遺忘的過去，是曾經被我當作生命中最引以為傲的事。遇見妳之後，聽著妳青春美好的聲音，看著妳越來越有自信的樣子，竟觸動我的記憶，讓它再次被硬生生揭開。上帝能讓一個人擁有得天獨厚的能力，也可以隨時讓他失去。很意外吧？告訴妳一件事，我就是楊聲，但我在妳心裡已經不是。」

楊聲？

陸岳聲是楊聲？

他到底經歷了什麼？

梁塵想起上次陸岳聲在她家吃飯，發現她桌上的筆記本開始，他似乎就變得怪怪的。

原來那次她在他面前稱讚楊聲，他的反應不是吃醋。

後來陸岳聲問她，那他呢？她給了一個自以為很完美的答案，卻不知道那個答案原來才是最傷他的……

梁塵不斷喘氣，覺得心焦，坐立難安。抓起錢包和外套，跑到校門口去攔計程車，半小時的路程，她的腦中一團混亂。

她只知道，陸岳聲現在需要陪伴，需要面對自己，面對她，面對那些被他隱藏的過去。唯有這樣才能打開死死纏繞住他的心結。

下了車，梁塵站在樂眾電臺門口。清晨的大馬路邊，她掏出手機給陸岳聲發訊息。

「不允許你再躲我。我現在就站在樂眾門口，你不出來，我就不走！」

清晨五點的馬路邊，清潔隊灑掃聲在梁塵身後作響，她不畏寒冷，眼睛一瞬不瞬盯著那道通往二樓的樓梯。

腦中閃過很多種她認不出陸岳聲就是楊聲的原因，每一種都讓她感到恐懼。

如果相識是緣分，那老天爺讓她一個楊聲的忠實粉絲，以這樣的狀態再度遇見陸岳聲的意義會是什麼？

一架飛機從上空飛過，渺小得讓人難以發現，拖出的飛機雲長長地劃過天空。

她看見一雙長腿從樓梯緩緩走下，最後是陸岳聲那張好看的臉。

他鬍子沒刮，看起來憔悴了點。

他朝梁塵走來，臉上沒有表情，一路注視著她。

看見久違的陸岳聲，梁塵的心就軟了，她知道有他在，自己這輩子就再也無法把目光移到別的男人身上，不管他到底是不是楊聲，都無所謂。

梁塵屏住呼吸，看了他一會，驀地衝上去緊緊抱住他。

陸岳聲被動地被她擁抱。

她的身上盡是匆匆趕來的如霜寒涼，他的身體還帶著室內的暖氣。

陸岳聲心疼地抱住她，想將身上的熱氣帶給她。

路上沒有行人，就算有，他們也不在乎。

抱了一會，陸岳聲緩緩鬆開她，一個字也說不出來。

梁塵看著地上，臉上灰撲撲的，焦急地說：「不知者無罪。那天我不知道你就是楊聲，胡亂說出來的話，你不能就這麼放在心上，不能就這麼給我判刑。」

陸岳聲沒有回應，靜靜地聽著。

梁塵深吸一口氣又繼續說：「楊聲不過是一個幻想出來的偶像罷了。我心裡更在意的是我眼前的陸岳聲，不管他是不是楊聲我都很愛他。變得不一樣了又怎樣？我還是喜歡呀！你為什麼還要計較自己回不回得去以前呢？你不喜歡再上電臺也沒關係，但是請你不要那麼沒有自信，你真的很好，很好……我不知道該怎麼說才能讓你明白……」

她的心中隱隱作痛。兩個人就這麼佇立在黯然無光的清晨。

陸岳聲握住她的手，往前走了一段路。

梁塵跟著他，不知道他要去哪裡。

他停下來，指著眼前的十字路口說：「大四的時候，我以業餘的身分被介紹進入樂眾工作，那三年是我這輩子最快樂的時光。雖然中間經歷一段情傷，修讀廣電輔系認識的女朋友，因為我專注在課業和事業上而感到寂寞，跟別人在一起了。即使如此，對我來說這都不是最難過的事，失戀誰沒有過？我也像其他失戀的人一樣走出情傷，這段時間我不知道她的任何消息，卻在我碩二那一年，夜班的下班途中遇見她。」

梁塵認真看著他說話的臉，每一個表情都只讓她覺得哀傷。

「妳覺得遇見舊愛的場合應該是什麼樣子？細雨霏霏還是深情對望？」他說：「不，都沒有。她的車被失控的油罐車撞上，後座有一個嬰兒，後門變形打不開，她哀聲求救。

一切太危急，我知道如果不做點什麼，冷眼旁觀，我會討厭我自己。

我用力敲破玻璃，迅速抱出那個小女孩，烈焰燃燒得非常快，儘管後來我也救出她，我們即時離開了，到院之後我才知道自己氣管和肺部有吸入性傷害，但沒有什麼比保命重要。

不久，因為一個跨系所計畫，我們到東部進行災害防救的報導，那陣子正好發生地震，我們採訪也投入救災，回去之後才發現我的聲音怎麼樣就是好不了。」

「到底怎麼了呢？難道就因為那次嗆傷導致了嚴重的後果嗎？」梁塵聽了捏一把冷汗。

「聲帶水腫和種種過度刺激……原以為是暫時的，後來就算我再怎麼努力健身增加肺活量，也知道自己已經不可能變回以前那個楊聲。

聲帶會隨著年紀逐漸老化，這是必然的結果，但我當時只有二十四歲。

身在那個對聲音特別敏感的環境裡，我和周遭的所有人都知道，一切不一樣了。

我不再熱愛這份工作。我更在意的是做不到那些曾經被我認為很簡單的事，我必須改變說話方式才不會在高音時出現瑕疵，必須改變共鳴位置才不會偶爾出現聲帶疲乏的狀況。我因此失意了一陣子，整個人萎靡不振，不知道自己該何去何從。

如果對廣播工作的堅持是一種義無反顧的信仰，那離開這份工作對我來說就是信念的崩壞和摧毀。」

梁塵聽他說完，眼眶溼了一片。

兩人之間又陷入一陣沉默。

路上的車多了起來。世界不會因為一個人的悲傷有所改變，照樣運轉。只有自己知道整個人生正在失去平衡，一如陸岳聲。

梁塵可以理解陸岳聲當時內心的掙扎和痛苦，她不在乎他不顧生命危險去救前女友和孩子，面臨那樣的危急，誰都會想幫忙。

她在乎的一直都只有陸岳聲的想法而已。

陸岳聲看著她微微蹙起的眉，似乎陷入很深的煩惱裡。

「其實我現在這樣也沒什麼不好，換了人生方向，進入歡樂程式之後我也得到很多成就感。」他反過來安慰梁塵。

「那你為什麼還要不告而別？」不問清楚她心難安。

「原先只是想趁出差之後順便散散心。」

梁塵知道這不是真正的答案。

「走吧。」陸岳聲拉她的手。

梁塵的手被他拽著，卻沒有移步。

陸岳聲不解地回頭看她，梁塵的表情很倔強。

「怎麼了？」

「你還是沒有說清楚為什麼對我不告而別？想散散心為什麼不能跟我講？是因為我說錯話讓你不高興嗎？你知道我這些日子有多煎熬嗎？我們不算交往了嗎？你這樣突然不見讓我覺得很難受！」

陸岳聲抿著脣，表情嚴肅地開口：「讓妳擔心難過是我的錯。發現妳曾經是楊聲的忠實聽眾，我心情的確受影響，因為我知道終究必須對妳坦承我就是楊聲，卻不知道該怎麼跟妳說。我以為這些妳可以永遠不知道。」

有些芥蒂在心底發芽，即使不去澆灌，它還是以內心不經意的陰暗面為養分，兀自茁壯。

聽了他的話，梁塵想起她也曾經想對李方婷隱瞞自己的過去。

是啊……誰都有那麼一點點不想告訴別人的祕密，她可以理解。

有些事追根究底是沒有意義的。

梁塵垂下眼，心情相當複雜，一來高興陸岳聲終於把這些事告訴她，二來又為自己聽到的事感到難過。一想到那些日子，他都是一個人默默承受這些，她就難受。

「所以你真的不是怪我嘍？」她弱弱地開口。

「當然不是啊！小傻瓜！我非常喜歡妳在樂眾論壇上面的告白，到現在都還會背。要不要我背出來？」

梁塵一聽，臉紅了一大片，不知所措。

她抬起頭，由下而上覷著他。

陸岳聲終於笑了，笑容裡盡是疲憊的神色。他伸出手撥開她的劉海，將散落的髮全梳到她耳後，漂亮的眼睛掃過她臉上的每一處。

他感激她，感激她的勇敢和堅持，才能走到現在這一步。

「謝謝妳來找我，謝謝妳找到我。」陸岳聲心中悸動，旁若無人地捧住梁塵的臉，在她唇上偷了一吻。

她覺得眼睛好酸。

陸岳聲和梁塵並肩走在熙來攘往的路上，原本步伐還有些沉重，後來陸岳聲碰上她的手，與她十指緊扣，越走越輕快，他們的身影融入人群之中。

陸岳聲的行李還在旅館，梁塵和他一起搭車去拿。

進了房間，梁塵看到鋪得整整齊齊的彈簧床，忍不住就躺上去。她一晚沒睡，現在體力透支。

「你幾點退房？」這床好舒服。梁塵的身體陷進床裡，眼皮忽然變得無比沉重。

「身體不舒服嗎？」

「不是，昨天熬夜趕作業，現在覺得想睡了。」梁塵的意識開始模糊。

「妳睡一下吧，我出去買東西，晚點叫妳。」陸岳聲把衣櫥裡的衣物拿出來整理。

「以後再也不准你不告而別，這種等待的感覺太可怕了。」梁塵閉上眼睛，喃喃道。

她不是才說好累想睡覺嗎？怎麼又開始和他說話了。

陸岳聲走到床邊，坐在床上輕輕抱住她，輕梳她散在純白床單上如瀑布的髮。

「知道了。」因為還有一個人會因為他的離開傷心難過。

梁塵慵懶地笑了，笑聲瞬間被他以柔軟緘封。

不知怎麼地，吻著吻著，最後變成梁塵壓在他身上，她的脣緩緩往下移動，吻上他的鬍渣，再慎重地吻上他的喉結……

那一刻，陸岳聲的心像是一塊方糖溶解了。

「我們每分每秒都在改變，你會老去，我也會。但我現在知道我愛你，越來越愛……」溫熱的身體彼此抱在一起，她的頭埋進他頸窩間，身體靠在他寬厚的胸膛裡。

她不知道自己正撩得他喉頭翻滾。

「睡吧……」陸岳聲垂眼就能看見梁塵眼皮下的青紫，心疼地拍拍她的背。他的聲音貼在她耳朵震動，低低的、柔柔的、沙沙的、麻麻癢癢的。

再度醒來，房間裡已經沒有陸岳聲的身影。

她在房間裡繞繞，發現他已經把東西都收拾好了，隨時可以退房。過沒多久房門被打開，陸岳聲手上提著一袋東西。

梁塵看到，咕噥著：「怎麼買了？」

「之前答應會補買給妳，就跑去買了。」

「很遠耶……」梁塵說著，眼睛仍盯著那袋菠蘿油。

「一早上都沒吃，餓了吧？」他拿出一個菠蘿油，拉開透明塑膠袋遞到她嘴邊。

陸岳聲對梁塵做過很多承諾，要賠她一顆造型氣球，要補給她一袋菠蘿油，這些他都記得，包含他曾經在那初初一吻時說過，絕對不會對她說謊……

每一個承諾他都想實踐。

梁塵嘴裡咬著熱熱的菠蘿油，心頭很暖，邊吃邊甜甜笑著，「我的青蛙王子回來了！我掉的不是金球，是菠蘿油，對吧？」

「什麼青蛙王子！」陸岳聲用手擦去她唇邊的奶油，舔了舔自己的拇指。過了幾秒才會心一笑，看著她吃完。

梁塵靜靜看著他淡淡的笑臉，她知道那個結還是只有他自己能解，她也只能陪伴他而已。

那件事沒有人再提。

「我等一下要回學校把作業都交了，然後整理行李，開始放寒假。」

「什麼時候回家？」陸岳聲說話的聲音很低，最後一個字依舊是好聽的上揚語調。

「就這幾天吧！假期長，有些東西想帶回去，我爸說要來載我，讓我等他。」

「不用麻煩梁爸爸，我送妳回去。」

「可以嗎？」她擔心他才要回公司復工，會不會很忙？

「可以，但是妳今天晚上要來公司陪我吃飯加班，好嗎？」陸岳聲笑得很輕，眼角有笑意，梁塵喜歡他這樣發自內心地笑。

「好……」她乖順回答。

陸岳聲捧著她的臉，撥開她的劉海印上一吻，鼻尖上一吻，再緩緩吻上她的嘴，認真品嘗。

梁塵想起很多年以前，她曾經每天興奮地等在書桌前，想聽那個人的聲音，聽他分享生活和情感傳遞，他的聲音成為她生活中不可或缺的一部分。現在，默默喜歡著崇拜著的那個人就在她眼前，以溫柔無比的姿態吻她。

他以聲音治癒無數人，卻隱藏了自己的痛苦與憂傷……

這個吻濃重而深情，逼得她心臟狂跳，頭昏耳熱，她生澀地回應陸岳聲，手抵在他厚實的胸膛上，覺得自己就要窒息。

門外突然傳來推車靠近和走動的聲音，梁塵意識回籠，立刻將他推開，大口大口喘氣。

陸岳聲看著她笨拙臉紅的樣子又笑了。他的眼眸還因為帶著情慾幽深魅惑，這麼一笑，梁塵心神蕩漾，覺得自己根本敵不過他的誘惑，差點就要失控。

「該走了。」陸岳聲輕觸她泛紅的臉頰，話音性感沙啞。

梁塵努力調整呼吸。

回學校的路上，梁塵滑著手機，看到系所網頁上出現一個廣播主持人大賽的公告。

原先她很快地滑過去，後來像是想到什麼又滑回來看。

到了宿舍後，梁塵把期末作業全數寄出，開始收拾行李。

李方婷的位子還和之前一模一樣，看樣子還沒那麼快放寒假。

她正準備留紙條給李方婷，手機卻在這時候響起。

梁塵接起電話，明明來電顯示是李方婷，說話的卻是一個陌生男人。

「妳是李方婷的室友嗎？」

「是。」

「能不能請妳拿套乾淨的衣服過來給她？她昨晚自己在研究室喝掛，身上全部都是嘔吐物……」

梁塵急急忙忙拿了用得上的東西，趕去李方婷那裡。

她憑著印象騎車到了上次陸岳聲帶她來過的地方，看見那天幫李方婷拿錢的學弟正朝她揮手。

梁塵焦急地趕上樓，學弟說：「一早上來就發現她躺在地上，嚇得我魂飛魄散，以為她死了。」

他開門讓梁塵進去，她看了看情況，讓學弟先出去拿桶水。

學弟提著水桶走進來，無奈地對梁塵說：「她女生朋友不多，妳絕對排名前幾個，妳就勸勸她吧！她過得很不開心，再加上畢業的壓力，我覺得她快撐不下去了。」

「什麼意思？」

「我們其實都知道那個高中小流氓喜歡她。那天他扁了王一維學長，學長要他賠錢，不然就要提告，聽說他在學校已經快被退學了，學姊心軟，就幫忙私下賠了。唉，學長會缺這個錢嗎？根本就是為了刁難。後來不知道怎麼搞的他們竟然又復合了，但我看她老是悶悶不樂，就像今天這樣。」

梁塵以換衣服為由，讓學弟先離開。

給李方婷擦過身體，吃力地換好衣服，她也悠悠轉醒，一臉痛苦不堪的宿醉模樣。

梁塵深深嘆了口氣，「怎麼喝成這樣？」

她驚訝梁塵出現在這裡，看了看充滿穢物的水桶，了解了原因。

「謝謝。」李方婷赧然地說。

「心情不好可以告訴我，說出來發洩情緒或者我們一起想辦法，別喝悶酒好嗎？妳的身體禁不起這樣喝。」梁塵記得她曾經說過，因為失戀喝到腎臟發炎的經歷。

李方婷大腦當機，一時之間什麼話也說不出來。

「我口口聲聲說腦子壞掉才跟他復合，結果我們還是復合了，妳不生氣嗎？不覺得我犯賤嗎？不會看不起我嗎？」

「……妳有自己的選擇，我現階段不能理解妳，但我尊重妳。」

「大家都說哪個男人不會劈腿偷吃，不會想招惹其他女孩？我爸媽也說，王一維除了這點瑕疵以外，各方面都是最好的，只要我以後對他更好，把他看緊，他也是在乎我才想跟我復合，我們就能繼續走下去。最近有間大公司對他很有興趣，開出的薪水很不錯，聽起來很好對不對？如果能夠找到一張妥妥的飯票。」李方婷捂著胃緩緩地揉，因為宿醉，說話還有些顛三倒四。

梁塵聽了她的解釋，沒什麼特別的反應，這種想法很多人都有，網路論壇上經常也有這類擇偶條件、該愛不愛的討論。

「我只想知道妳現在到底愛不愛王一維？」

「……我想，習慣大於愛吧！都三年了，怎麼說散就散……」

「妳的愛情、妳的感受都是自己的，為什麼要靠別人來幫妳決定？為什麼妳這麼沒自信？妳很聰明很優秀，怕什麼？也許將來到不了榮華富貴的程度，總好過意志被人左右啊！沒有信任感的愛情和婚姻妳覺得能長久嗎？能快樂嗎？」

梁塵記憶中的生母，當年也是因為習慣及依賴，即使被毆打、被沒尊嚴地對待都不願離開，結果下場是害了自己，也毀掉整個家庭。所以她不得不鼓起勇氣對李方婷說這些話。

「我對這件事的評論到此為止，妳不必覺得無法面對我，我真的不想因為他影響我們之間的友誼。走吧！去吃早餐。」梁塵提起髒汙的水桶說。

李方婷站起來，看著梁塵走出去的背影，忽然覺得現在的梁塵，跟她最初遇到的那個沉默寡言又內向的女孩不太一樣了。

或者該說，李方婷發現自己以前似乎太不了解她了。

研究室裡黯淡無光，僅從未關的門縫透出一點冬日清晨的陽光。

陸岳聲擅自請假多日，又突然出現在公司，讓辦公室的人全都嚇到了。雖然他之前也曾經說休假就休假，但那是在他尚未獨挑一個案子的時候。穿搭APP的案子力拚農曆年前上架，一進辦公室，陸岳聲便忙著了解這陣子公司裡發生的事。

匯報、討論、修正耗去很多時間，忙得不可開交。

一切看似步上正軌，只有陸岳聲心裡知道，若不是梁塵找到他，他現在可能還不知道在哪裡遊蕩。

他不是愛逃避的個性，而是有些事需要他獨自靜一靜、想一想，該怎麼做才是好的。就像那年他發現自己喉嚨的異狀，一聽完醫生的診斷就決定離職，背上行囊四處旅行。

曾經陸岳聲認為廣播工作會是他事業的全部，即使家人反對一個有大好前程的理工科學生，投入收入不穩定的廣播節目，他還是堅持下來了。後來無法預料的事接二連三發生，失去引以為傲的天賦，他不知道未來的路還能怎麼走。

旅行對他而言是一種抽離現實的思考方式，背著厚重的背包，走了很久的路，在每一條路的路口反覆，在每一個轉彎處躊躇，正如他對人生的抉擇。

原本陸岳聲認為，他的過去梁塵可以不必知道，她只要認識現在在歡樂程式工作的陸岳聲就好，卻沒想到她竟然曾經是楊聲的粉絲。

他承諾過絕對不會對她說謊。

與其被梁塵拆穿他就是楊聲，還不如在那之前告訴她事情的全部……即使再度說出那些過去，會令他難受萬分。

正當他這麼想，梁塵就出現了。

手邊的電腦忽然連續響了幾聲，來了許多訊息，都是找他討論問題的。

陸岳聲忽然回神，發現自己怎麼又想她了，不禁莞爾。

有一個女孩悄然無聲地走進他的世界，並且佔地為王。他喜歡她的善解人意，喜歡她的勇氣。

傍晚梁塵來了，她打開辦公室大門，看見陸岳聲盯著電腦螢幕認真嚴肅的樣子。

她是算準時間來的，把買來的晚餐放在旁邊茶几上，想等他一起吃。

陸岳聲聞到食物的香味，抬起頭說：「妳趁熱先吃，我再等一下。」

梁塵歪著頭，看了眼桌上的袋子，捧著薯條盒跑到陸岳聲身旁，拿起一根薯條遞到他嘴邊。

陸岳聲對她瞇眼笑了一下，乖順叼走那根薯條。

那一瞬間梁塵看傻了。不是陸岳聲吃了她餵的薯條，而是他一雙迷人的眼睛，深深的眼摺，笑得這麼溫柔。

那雙眼睛裡隱隱約約有些波動，好像會說話，告訴她，他愛她。

陸岳聲努努嘴催促，梁塵就這樣你一根我一根，把一盒薯條吃完。

她雀躍地蹦著去茶几拿漢堡，打算繼續餵食陸岳聲的時候，手機訊息聲響了，是已經很久沒有玩的樂歌更新提醒。

她坐下點開樂歌，先看看最近有什麼活動，又看看自己的首頁，習慣性地點過去陸岳聲的頁面。

他跟她一樣許久不曾更新，最後一次發言，下方留言多了不少。都過了這麼久，怎麼還有新留言？梁塵好奇地點進去看。

【帶你飛】這這這！

【帶你飛】是山寨版楊聲吧……

【騎掃把的仙女】樓上竟然知道楊聲？難道是老聽友？

【點讚必回訪】哪裡像楊聲？不要拿來跟我男神相提並論。（白眼）@對愛渴望

【再吃宵夜我是豬】剛剛估狗了一下，是有點像耶！感覺很像滄桑版楊聲。

【對愛渴望】不像！別拿西瓜比哈密瓜！

【芙蘿拉】嘻嘻！樓上我比較喜歡吃西瓜！楊聲不是我的年代！@Sheng求真相。

她直接拉到最底下的留言，沒想到竟然看到有人拿陸岳聲和楊聲做比較。

梁塵不禁冒冷汗。不知道陸岳聲有沒有看見這些？如果看到了……

「不吃飯在看什麼？」陸岳聲的聲音從背後傳來，她心虛慌亂轉頭，就看見陸岳聲帥氣的臉在她肩膀邊。

陸岳聲盯著她的手機螢幕，樂歌的介面他是再清楚不過。梁塵懊惱自己為什麼要在這裡看樂歌，眼睛一瞬不瞬觀察陸岳聲的表情。

「妳買什麼口味？」

「牛、牛肉漢堡。」她放下手機，忙亂找出漢堡給他。

「只吃漢堡吃不飽啊……」

「我只是先買來墊墊肚子，看你還想吃什麼我再去買。」梁塵認真解釋。以他的食量來說這樣真的太少了，她有想到這點。

「妳真的很貼心。」陸岳聲把打開的漢堡又包起來放回桌上。

梁塵正要咬下一小口，看他盯著漢堡卻不吃，忍不住皺眉。

陸岳聲轉身拉住她，手上的漢堡一扯掉在沙發上，他順勢吻上她的唇，味道還是像早上那樣美好。

好得讓他放不開。

梁塵被他抱在懷裡親。

「不要啦！這裡是辦公室……」梁塵在他懷裡掙扎。

「沒人敢進來。再吃妳就會飽了。」靠得太近，陸岳聲極具磁性的說話聲低低輕輕像蠱惑，吻得她連話都沒辦法說。

梁塵感覺到一隻手在她背後輕輕地撫摸，慢慢到了她的肩膀，捏住她的肩頭，摩娑她的耳垂，她能感覺到被他觸碰的每一個地方都好像熱火在燒。兩具貼近的身體發出喘息，在外頭還有人走來走去的辦公室裡。

也許是熱戀的愛火燒得太烈，只要碰在一起就想向對方撒嬌。

她睜開眼，看一眼遮得嚴實的百葉窗，環住他的脖子，認真地回吻，吻從急切逐漸轉為探索，有的時候更像嬉鬧。

梁塵很早以前就注意到陸岳聲漂亮的唇珠，她舔吻著，心裡想，聽說有唇珠的人能言善道，果然是真的！

但這話她不能說。

最後陸岳聲和她抵著額頭，閉著眼睛喘氣。梁塵偷偷睜開眼睛看他，他長長顫動的睫毛差一點點就要碰上她的。

「我——」她正要說話的時候門被敲響，他們同時抬頭看過去。梁塵率先從他身邊跳開。

陸岳聲咳了幾聲起身去開門，王晉東要他出去一會。陸岳聲讓梁塵等他一下就走了。

就說不要在神聖的辦公室做這些事……門敲響的時候她差點要嚇死了！梁塵餘悸猶

存，正要去撿掉在地上的漢堡時，一陣腳步聲傳來，她聽見熟悉的說話聲——

「欸！妳怎麼在這裡？」

梁塵轉頭一看，是吳可寧。

老師這個時間出現在這裡叫正常，她這個時間出現在這裡叫詭異！

梁塵用力吞下一口口水，想著要怎麼解釋時，吳可寧已經從她的眼神中心領神會了些什麼。

「你們……在一起了？」吳可寧挺著凸起的肚子坐下。

梁塵只能弱弱點頭承認。

她震驚地大喊：「哇！天哪！嚇得我都宮縮了！」

梁塵站起來，一臉驚慌，「怎麼辦？要叫師丈來嗎？」

「哈！沒事沒事！我開玩笑的！」吳可寧笑得很開心，「嗯……該怎麼說呢？如果是妳的話，我就稍微能放心了。」

梁塵坐回去，覺得自己接連受驚嚇，心臟快承受不住。

「妳這麼可愛又乖巧，很相配喔，老師祝福你們。如果陸岳聲欺負妳，記得來找我，一定幫妳報仇！我應該算是你們的媒人對吧？因為是我介紹你們認識的耶！」吳可寧想起來這一切的開始。

「對呀……」梁塵靦腆地說。

「對了！跟妳說件事，系所網站上有個公告，是廣播人主持大賽，很多公司合辦的，得獎者前途無量喔！怎麼樣？有沒有興趣？」

「我有看到那則公告，可是……」如果她參加比賽會不會觸動陸岳聲的回憶，就像在傷口撒鹽，使他再次陷入過去痛苦的記憶裡。

梁塵顧慮陸岳聲的感受，覺得不應該再去碰觸這個話題。

「可是什麼？妳很有想法，聲音技巧也很穩健，只要有意願我可以指導妳，還能幫妳找資源，所有老師都會幫助妳。」

「老師，我在意陸岳聲的心情。」

「他告訴妳了？」吳可寧很驚訝。

「嗯」，梁塵點頭，「但是我覺得不參加沒有關係。」

「妳想參加就參加呀，不要為了——」

陸岳聲走進來，一瞬間打斷所有談話，辦公室裡悄然無聲。

他笑著和吳可寧日常寒暄，梁塵緊繃的肩膀終於放鬆，在旁邊安靜地吃漢堡。

吳可寧走後，陸岳聲拿走她吃一半的牛肉漢堡。

「別吃了，走。」

「去哪裡？」梁塵一臉茫然。

「帶妳去吃大餐。」

梁塵心想，他大概是跟王晉東談了什麼好事情，心情看起來很好。

「剛剛發生什麼事了嗎？」她問。

「沒有啊。」陸岳聲笑著看她。

梁塵稍微收拾一下桌子，跟著他走出去。

在停車場，陸岳聲說：「給妳提前補補，慶祝妳參賽，一定會有好成績的。」

梁塵愣在原地。

「上車吧！」陸岳聲打開駕駛座車門，催促她也快點上車。

梁塵抿唇搖頭。原來他都聽到了。

「我、我不參加……」

「為什麼？」

梁塵腦子裡一團混亂，一時竟想不出用什麼理由說不去。

「因為我嗎？妳不必顧慮我的感受。」

「我……」她原本還想否認，猶豫了三秒還是承認，「怎麼能不顧慮？」

陸岳聲關上車門，走到梁塵身邊抱住她。

「不用擔心我，樂歌那些留言我都看過，我現在不在乎了，喉嚨不好就不好，我認真起來還是能吸引眾人的耳朵。我是真心想看妳參賽，想去就去吧，為妳驕傲也是一種驕傲。」

梁塵抱緊陸岳聲的腰，把臉埋進他的胸口。

她可以想像陸岳聲當年內心的挫敗，也可以想像陸岳聲因為她，再次關注廣播界而觸景傷情。但她不能想像他說出這些話的時候，用了多少無私的勇氣。

他的右手牽住她左手，要她安心，最後變成十指緊扣的模樣。開車在市區繞了半圈，情意在密閉空間內瘋狂滋長，他們心猿意馬，最後哪家店也沒有去。

梁塵再度踏進陸岳聲的家，燈還沒開，虛掩的窗簾，照射進來的路燈把影子拉得長長的，關上門後逐漸融成一團。

她真的很喜歡很喜歡他。

交纏擁吻的身體從客廳到房間，厚重的外衣沿路墜落，梁塵陷入軟軟的彈簧床墊。陸岳聲有力的手撐在她肩側，手臂因施力而浮現完美的線條，他只穿著一件貼身裡褲，注視梁塵的眼睛流露赤裸裸的慾望。梁塵害羞得不敢直視，側著頭看他的手。

陸岳聲去尋她火燙的唇，在彼此身上放縱埋藏的情感，淋漓盡致。

梁塵聽見自己的喘息和他鼻間陶醉的低吟，忽然伸出手把彼此隔開，「唔，等一下！」

陸岳聲撐起手臂支在她身側，雙眼迷離深情的餘韻濃烈炙熱，彷彿要把她燒熔了。

梁塵不敢再看他，慌亂抖著手從一旁脫下的褲子裡掏出手機。

陸岳聲的慾望高漲到極點，困惑也達到極點。

只見梁塵打開她的樂歌個人頁，臉上泛著情潮，笑意盈盈帶著精光，「你先跟我合唱〈小夫妻〉，很久以前就幻想能跟你合唱這首歌了，可以嗎？」

梁塵睜著大大的眼睛，用渴望的眼神看他。陸岳聲原先覺得荒唐最終還是無法拒絕。

他微瞇起眼，幽深的眸子對著她，侵略性十足，像是隨時要把她吃掉。

「看我等一下怎麼收拾妳。」這話又低又沉，在她耳邊說得魅惑。她知道他指的是什麼，羞得鑽進被窩裡。

「開始了！」她說。

梁塵先前就錄好她唱的那部分，手機裡甜甜的嗓音傳出，梁塵輕輕柔柔唱著，可能之前沒想過真的會跟別人合唱，唱得很隨興，有點慵懶。

陸岳聲趴在床上，看著螢幕終於輪到他唱的地方。

在下班路上租了幾支影片，有妳在沙發就是浪漫劇院，辛苦的時候想著妳的臉，沒有蠻牛活力也會出現……

陸岳聲的眼睛直勾勾盯著梁塵，歌聲還帶著情慾的渾厚低啞。

可能因為梁塵就在他身邊，雖然小小埋怨這時候她還出這種難題，他還是深情對她唱著。

Oh！小夫妻！我的福氣，這輩子可以讓我愛上了你。這一路，有時晴，有時雨都沒有關係，我們的真心超過鑽石對愛的定義。

（〈小夫妻〉詞：Benny C／曲：方文良）

一點點的鼻腔共鳴，是陸岳聲高音時，刻意掩飾聲帶受傷的方式，雖然最後幾個高音還是出現沙沙聲，在梁塵耳裡卻是無比深情。

活潑清新的陸岳聲也好，滄桑性感的陸岳聲也好，全都是她喜歡的。

她好愛這個人。能和自己喜歡很多年的人交往，最後深深愛上他，就像作夢一樣，覺得好不真實。

唱完第一段合唱，陸岳聲急忙按下發布，把手機丟到一邊。

「這樣可以了嗎？」陸岳聲歪頭挑眉。

「可以……你好棒！第一名！」梁塵窩在被子裡，只露出一雙帶笑的眼睛，十分靦腆。

陸岳聲掀開棉被鑽進去，「看我怎麼懲罰妳！」

梁塵身上最後一件胸衣被丟在地上。

陸岳聲的力氣大，來勢洶洶，梁塵完全招架不住，被他罩在懷裡，激情澎湃的吻抽離了她的意識。

陸岳聲精壯的窄腰被她夾在腿間，他沉溺在她的雪白與嬌豔裡，無法自拔。

「在參賽前，我先幫妳輔導輔導……嗯？」陸岳聲在她耳邊嘶啞，震得她像觸電般發麻。

「……輔導什麼？」

「現在開始喊我的名字……用最深情的方式。」

梁塵用兩條手臂遮住自己已然漲紅的臉。

「快說！」陸岳聲輕咬她的鎖骨。

「陸、陸岳聲……」

「不行，再來！」他再咬。

「陸岳聲……」

「不夠……」他的吻往下移動。

「嗯……陸岳聲……」她已綿軟無力。

兩人在床上溫存的時候，並不知道樂歌上面已經鬧騰得炸開了鍋。

【嗶莫】姊姊，好久不見，讚讚推！

【嗶莫】咦！為什麼姊姊的合唱是同一個人發布的？這是上次那個Sheng嗎？@Sheng用妳的手機嗎？

【芙蘿拉】是Sheng沒錯！他唱過這首歌化成灰我都認得！同一個帳號！你們真的認識？？？？？？？啊啊啊啊！（崩潰）

【腰圍總是太細】炒雞深情，炒雞甜耶，你們484情侶呀？

【只是隨便亂唱】男生的聲音好好聽喔！超超超性感！愛了！

這首合唱從新進榜一直到魅力榜都排在很前面，名次上升飛快。好奇的人紛紛點進來，男主唱的聲音渾厚低柔，女主唱清新甜美，原本關注Sheng的人也注意到這首合唱。

至於為什麼Sheng會跟貓舌頭用同一個帳號發布合唱，沒有太久，幾個小時之後答案就揭曉了。

【Sheng的暱稱已改為 貓舌頭的菠蘿油】

陸岳聲的五千個粉絲發現之後，又是一陣騷動。

他草草翻完留言，看著躺在他旁邊熟睡的女人。這就是她要的吧？

陸岳聲捏捏她的臉頰。

梁塵疲憊地睜開一隻眼睛，「有沒有人說你的聲音好好聽？」

「我本來就很好聽。」他翻身吻她豔紅的唇。

「有沒有人說你今天的聲音特別性感？」

「我本來就很性感……」他認真封住她的唇不再讓她說話。

那天晚上一觸即發的溫存過後，她躺在陸岳聲的床上轉醒，雖然房間沒開大燈，梁塵還是依稀能看見自己身上，那些依然未消失的淡疤。

她感謝陸岳聲沒有誇張的表示心疼，他絕口不提、自然地對待這些傷痕。

以前梁塵不知道，如果以這副身體出現在未來男朋友面前，會是什麼情景？各種可能她都想過，可是現在這樣她覺得是最好的。

即便赤裸在他眼前，她能感受到自己與常人無異。

「嗯……你覺得我要不要再去除幾次疤？」少女時期梁媽媽帶她去過，後來是她怠惰了。

「喏，我這裡也有個燙傷的疤。」陸岳聲比了比自己的肩頭，比梁塵背上的猙獰多了，「妳在意嗎？」

梁塵搖頭。

「我也不在意。」他說。

陸岳聲緊緊擁著她，梁塵忽然泛起一陣淡淡的鼻酸，她覺得鼓起勇氣去愛這個人，真的很美好。

熱戀期未滿，再怎麼不捨，農曆年至，梁塵還是得乖乖回家過年。

梁塵婉拒爸爸來載她的那天，她能感覺到他彆扭的怒氣。從梁塵小的時候開始，梁爸爸就一直用行動默默地守護她，雖然不擅言詞，心卻是最柔軟的。

回家當天，梁塵讓陸岳聲準備她爸爸最愛的甜食，還要很難買的那種，陸岳聲二話不說又去排了一次菠蘿油。

到家後，梁爸爸原本板著臉讓他們進門，在看到菠蘿油的瞬間就軟化了。

雖然陸岳聲走後，梁爸爸在背後盯著她碎念：「別以為他買了東西來我就會嘴軟，我沒這麼好收買！妳才幾歲，再多看看多觀察……」

「唉呀！你別再說話啦！」梁媽媽剛進門就聽見他在嘮叨，「剛剛陸岳聲來過了嗎？怎麼沒留下來吃飯？人家好心幫妳女兒搬行李，你有沒有倒個茶謝謝人家？」

「哼！想追我女兒沒那麼簡單！」梁爸爸一屁股坐在沙發上，很是不滿。

「可是……」梁塵站在兩人身邊，一副事情不太妙的樣子。

「可是什麼？」梁爸爸看著桌上的菠蘿油，想動又不能動，理智告訴他現在絕對不能吃，吃了就輸了！

「可是我已經和他交往了！」梁塵紅著臉宣布。

梁媽媽睜大眼睛，挑起眉毛微笑，樂見其成的樣子。

梁爸爸駝著背大大嘆了一口氣，「妳想清楚了嗎？爸爸是怕妳……」

「我和他接觸過幾次，這個年輕人真的不錯，很有禮貌，會做事，說話也誠懇，最主要的是你要相信小塵。」梁媽媽緩頰道，「總得讓她試試。」

梁塵知道爸爸指的是什麼，她知道他的心思，害怕她受傷害。

思緒飄回來，梁媽媽打開大袋子，把從公司整理回來的衣服塞給梁塵，裡頭還有男裝，說是剛好有覺得適合陸岳聲的，讓她拿給他穿穿看。

陸岳聲老家也在這座城市，難得都放假，兩個人除了陪家人拜年以外，其他時間都膩在一起，準備廣播主持人大賽初選的自我介紹短片，和簡短展現口條的錄音檔。

起初梁塵異想天開，想用她參加樂歌那一招，卻立刻被陸岳聲打槍。

這件事他比參賽者本人還要認真，天天抓著梁塵想點子，擬稿子。

兩個人關在房間裡，偶爾也會擦槍走火，寫著寫著突然手就牽到一塊，臉就貼在一起。

陸岳聲眼角餘光瞄到她的門縫底下有影子在動，指了指門縫。

梁塵嚇得衝過去把門打開，就看見閃避不及的梁爸爸。

「爸！你在幹麼啦！」

梁爸爸尷尬地咳了聲，「渴不渴？要不要喝汽水？」

「不渴不渴，你不要再偷聽了喔！」梁塵交代完，把門關上。

陸岳聲笑笑地偷偷貼在她耳邊說：「我們……什麼時候回去？」

開學前幾天，梁塵寄出初選資料，陸岳聲的穿搭APP也上架一段時間了。梁塵當然是最早下載來玩的。因為是陸岳聲做的東西，她特別認真，每天紀錄自己的穿搭，也不忘幫媽媽的品牌打廣告，每一次都仔細tag品牌和上傳材質、舒適度。因為是最早進駐的用戶，用心經營下人氣還算不錯。

陸岳聲看了看她的個人頁面，說她儼然就是一個小網紅。

梁塵沒想過要當網紅，也從沒露臉，只是一心想幫忙把陸岳聲和媽媽的心血推廣出去。

寒假結束，梁塵在學期第一週回到學校，週五的下午要去歡樂程式找陸岳聲共度週末。她先到附近的便利商店買雜誌，聽說最新一期的商業雜誌有歡樂程式團隊的專訪，不知道有沒有陸岳聲？她想買下來收藏。

結帳的時候竟然遇到王一維，她覺得倒楣透頂，一整天的好心情都沒了！

王一維看見她，並沒有應該出現的慚愧和內疚，反而像是獵豹發現獵物般興奮。

「學妹！好久不見！長得越來越漂亮了，怎麼覺得妳變得跟以前很不一樣呢？」

這一帶是王一維會出沒的地點嗎？那她以後絕對不會在這附近逗留。

梁塵拿了零錢就想跑。王一維步步逼近，梁塵走得快，他也跟著加快腳步。看起來就是一個男人在追著一個女人。

「我換了新車，要不要一起去兜兜風？帶妳看夜景？」王一維鍥而不捨。

「不要再跟著我！」梁塵覺得他簡直就像牛皮糖，甩不掉！

了。

「王一維──」只見李方婷從馬路對面衝過來。她的眼中充滿怨恨和憤怒，簡直要著火

見到李方婷趕來，王一維還是不死心，出手就要去拉梁塵的衣服，不想讓她跑掉。

李方婷氣急敗壞，揪住王一維把他和梁塵隔開。梁塵什麼都還來不及說，李方婷當街爆打王一維，邊打邊吼叫，彷彿把這陣子容忍他的所有怨氣全都發洩出來。

馬路上的所有人都注意到他們，梁塵想勸架也沒人理會。

李方婷揪著他搥打，王一維本來覺得在大街上很丟臉，後來也怒了，推開李方婷要她別鬧。李方婷卻變得更加瘋狂，王一維被惹怒，不顧旁人就和她拉扯起來，兩個人失去理智追打到人行道上，完全不顧紅綠燈號誌。

梁塵拿出手機正想報警，就聽見刺耳的煞車聲。

王一維和李方婷雙雙跌躺在地。

陸岳聲趕到警察局的時候，梁塵剛做完筆錄。她知道李方婷傷勢沒有大礙，只是摔斷左手時鬆了一口氣。

王一維就沒那麼幸運了，他不只摔斷手和腳，還因腦震盪在觀察中。

陸岳聲帶梁塵去醫院探望李方婷，一見到她，李方婷笑容有些尷尬。

坐了一會，梁塵聽見李方婷說：「我想結束了。徹徹底底。」

梁塵從她的眼神知道，她和王一維這一次是真的結束了，用一種兩敗俱傷的方式。

他們打開門要離開時，梁塵看見那個喜歡李方婷的男高中生急忙趕來。

梁塵多看了他一眼，和他擦身而過。

ღ

一個月後，廣播主持人大賽的初選結果出爐。

在陸岳聲嚴格地監督下，梁塵完全沒有打馬虎眼的時刻。他覺得她歌唱得不錯，甜甜的聲線適合唱些活潑輕快的歌，就規畫梁塵像他過去的方式，用一個故事主題聊天並唱歌，成功吸引評審的注意，順利晉級複賽。

陸岳聲對她嚴格的程度可以說是地獄般等級了。

雖然一開始被他盯著練習而感到痛苦，後來想想，陸岳聲可能是把過去的遺憾寄託在她身上。

梁塵想替陸岳聲圓夢，也想朝這條路走下去，既然有人幫她、鼓勵她，她又有什麼理由不努力？

是陸岳聲陪伴她度過那三年苦悶的青蔥歲月，如今換她努力實踐他們的夢想，由她來伴他餘生無憂。

複賽當天，梁塵必須進攝影棚參加一次直播，目的是考驗參賽者的臨場反應。

梁塵昨天緊張得睡不好，要站在攝影機前面還要直播，她心中始終有過不去的坎，不論陸岳聲怎麼給她打氣給她信心，梁塵依然情緒緊繃，但她還是強作鎮定。

梁塵換完衣服、完妝之後，抖著手和陸岳聲揮手準備進棚。

陸岳聲走上前最後一次叮嚀，梁塵以為他會說要她放輕鬆之類的話。

「我以前很怕面對鏡頭，完全不願意露臉。妳已經達到我所做不到的一切，我很佩服妳。這一路妳表現得真的很好，不論結果如何，我都以妳為榮。」

就像陸岳聲之前對她說過，「為妳驕傲也是一種驕傲」，這正是他此刻的心情。

梁塵感動得一時說不出話來，鄭重點點頭，轉身踩著高跟鞋進去了。

陸岳聲靠在外面的牆壁，看了看手表上的時間，等待眼前的螢幕出現梁塵的身影。

這時候一個工作人員從旁邊經過後又走回來。「欸！你是不是楊聲？」

他一說完，幾個在旁邊等待的參賽者都轉過頭看他們。

陸岳聲愣了幾秒，想起以前曾和對方在樂眾電臺共事過。

他抿抿嘴，像是在思考猶豫，接著輕輕點頭。沒有人知道他是用了多大的勇氣。

那名工作人員立刻興奮地和他寒暄起來。

遇見舊識固然開心，注意到有人拿出手機要照相，陸岳聲立刻背過身。

「不好意思，我在等人，我們改天再聯絡好嗎？」陸岳聲客氣地說。

「沒事沒事，我去忙了，希望以後還有機會跟你合作。」

對方離開後，陸岳聲嚴肅認真地盯著電視上的粉黃色身影，那個外表柔弱、內心堅韌無比的女人。她落落大方表現亮眼，本就是遇強則強的個性。

她正朝著夢想一步步前進，連同他的。

緊閉的大門傳出伴奏的樂聲，還有人們高聲宣揚的興奮語調。

最後一批參賽者進去，梁塵從攝影棚出來，見到陸岳聲還等在原處，欣喜若狂地朝他飛奔而去，與他緊緊相擁。

「好可怕呀！」她還在緊張。

陸岳聲摸摸梁塵的頭，「表現得很好。」他由衷地說，有一種吾家有女初長成的驕傲。

「機智問答的時候，我前面的人抽到一個好難的題目，好險抽到的不是我！」梁塵的腿還在抖，「你說，除了錢，在路上撿到什麼會讓人很開心？歌神演唱會門票嗎？還是禮券？」

陸岳聲低頭捧著她的臉，深情看著她，笑得很神祕地吐出一個字：「我。」

梁塵愣了一下，會意過來。

記憶回到去年秋天，若不是坐上他的腳踏車，若不是答應主持運動會，若不是認識了他……

「親愛的，是妳撿到我，給了我勇氣，帶著我從時光的陰影裡走出來。」

全文完

番外一　有你的餘生

靜謐的早晨，煎蛋的香味飄進整個房間，梁塵睜眼醒了過來。

用不了鬧鐘，她幾乎每天早上都是被早餐的味道喚醒。

她拉開衣櫃旁邊的衣架，看了幾秒，俐落地換上T恤和牛仔窄裙，搭上別緻的蕾絲短襪，拿出手機，對著落地鏡的自己拍了一張滿意的穿搭照，迅速上傳。

當年陸岳聲開發的穿搭APP，推出一陣子之後受到大眾歡迎，陸陸續續也有幾個類似的APP跟進，但歡樂程式的穿搭APP仍是現今穿搭、妝髮類APP的指標。

梁塵是APP上元老級人物，起初她沒有告訴陸岳聲，自己偷偷註冊了帳號，默默地支持，一直到追蹤者漸漸變多，人氣使她出現在首頁的達人排行榜上，才被陸岳聲認個正著。

由於高人氣，梁塵也接到業配，今天穿的衣服就是廠商提供的。她拍完照片一一標註完品牌後，不忘提醒大家她身上的衣飾為業配，系統也自動標註商品的折價活動和折扣。

梁塵走到客廳，見著那個昨晚還抱在一起睡覺的男人，已經晨跑完準備好早餐。

聽見腳步聲，陸岳聲解開圍裙，轉身對梁塵微笑。

一早起床能看見心愛的人的笑容，實在是很幸福的一件事，她也給了他一個大大的環抱。

「快點吃早餐，等一下不是要去學校嗎？」陸岳聲說。

梁塵即將畢業，今天是最後一次跟吳可寧開會。

吳可寧的寶寶還不滿兩歲，帶著一個小孩，一邊指導新手梁塵一邊上課也挺辛苦。

梁塵吞吞吐吐地說：「昨天怕你睡不好沒有告訴你，今天我不用去了。」

「怎麼了？這麼臨時？」陸岳聲放下叉子，有些驚訝。

梁塵就要畢業，他不希望有什麼差錯，平時課業他也沒少指導她，她的進步陸岳聲全看在眼裡。前年梁塵拿下廣播主持人大賽，順利得到一份待遇還不錯的網路電臺合約，現在也正朝時下流行的Podcast發展，每週日晚上都有梁塵的節目。

梁塵第一次主持節目的時候，在廣告時間忍不住感動地流下眼淚，其他人都以為她是緊張，只有梁塵知道，這是自己所崇拜的楊聲帶著她、支持她一路走過來的。

梁塵沒有想過，有朝一日她會像楊聲一樣坐在錄音間，雖然這裡營造得像個咖啡廳，已經沒有錄音間的樣子。

她有一種使命感，要在這裡發揮所長，帶著當年喜歡楊聲、崇拜楊聲的心散播更多溫暖。

此時門鈴響了。

陸岳聲嚷了一聲：「大清早的是誰啊？」

梁塵腦子一熱，來不及說話，陸岳聲就把門打開了。

只見眼前是吳可寧的臉……還有她身旁推車裡的小孩！

吳可寧見陸岳聲門開得這麼乾脆，還有臉上的吃驚表情，就猜到梁塵還沒敢跟陸岳聲說。

「梁塵沒跟你說嗎？開會地點改到你家了！梁塵省去了舟車勞頓，然後我兒子今天沒人顧，我就順便一起帶過來，他說很想陸叔叔喔！對不對啊？」吳可寧對著她不滿兩歲的兒子說話。

陸岳聲翻了個優雅的白眼，「你兒子會說這話？天才兒童？」

他見過吳可寧兒子兩次，結果都挺不好，一次小孩見了他哇哇大哭，一次在他身上尿尿！陸岳聲確定自己完全不喜歡小孩。

「我們等一下要討論的東西很多，不快點開始會討論到很晚喔！」吳可寧找一張沙發坐下，把大背包裡的書和筆電拿出來，另一個粉紅色的大提包則交給陸岳聲。

他拉開提包，裡頭是奶粉尿布……

「我確認過了，你今天沒有什麼事情吧？交給你啦！有問題再來問我。」吳可寧推了推眼鏡，精明地看了陸岳聲一眼，便轉頭招梁塵過去坐。

梁塵和吳可寧在客廳討論，小孩原本待在她們旁邊，忽然就像是偵測到陌生環境，開始哇哇啼哭起來。

陸岳聲怕吵著梁塵，只得趕快抱起他，飛快地進了房間。

一歲多的孩子活動力強，在陸岳聲房間裡像是尋寶一樣滿地亂跑亂爬，好幾次差點弄倒了他去國外旅行帶回來的紀念品擺飾。

陸岳聲不斷深呼吸，提醒自己不可以對小孩發脾氣，他的冷臉一開始對那孩子還有用，後來簡直無法無天了。

陸岳聲嘆了一口氣坐在木頭地板上，深怕房內的聲響影響到門外的會議，只能好聲好氣對吳可寧的兒子說話。

梁塵打開房間門，已經是三小時之後的事了。只見房間裡滿地枕頭、棉被、擺飾，竟然連刷牙杯和毛巾都有，簡直像被炸彈轟炸過一般。

她搜尋了一下，才從枕頭棉被堆裡發現陸岳聲和老師的孩子。那小孩趴在陸岳聲肚子上，兩個人累得呼呼大睡。

梁塵笑了笑，覺得他雖然是新手，意外的似乎還算會帶孩子？

陸岳聲剛好睜開眼睛，就看見梁塵在他眼前笑。

他抓了抓早晨才梳理好的一頭帥氣髮型，不甘願地說：「我陪他玩了一會，沒想到就一起睡著了，這小孩真折騰人。」

「對不起，辛苦你了。」梁塵甜甜地說，不忘摸摸他的臉頰，兩人深情對視。

「但是，以後我們的孩子肯定不會這麼折騰。」陸岳聲雋朗一笑，輕輕抬頭起身吻了她。

陸岳聲的話，像是給了往後的日子一個許諾，不論過去經歷了什麼，他們都踏實地走過來了，餘生還要守護著彼此，很久很久……

梁塵挨著他躺下，在他唇上落下繾綣纏綿的吻。

番外二　少女的小祕密

梁塵一直是個不需要大人擔心的孩子。

她每天準時起床刷牙洗臉、買早餐、上學，回家時間一向不曾延遲過。在校成績沒有大起大落，也不曾用考試分數來邀功尋賞，她總是安分守己，從來沒有做過出格的事。

對於這個乖巧的女兒，梁爸爸是覺得欣慰的，生命中有了梁塵，他的人生彷彿就圓滿了。

但對於梁媽媽來說，她是挺擔心的，雖然梁爸爸總是說她庸人自擾。

梁塵來到這個家之前經歷過不少事，她擔心梁塵失去了童年，也失去了純真，是不是因為害怕，對他們有戒心，所以總是想表現出最好的一面？

梁媽媽希望梁塵在家裡不要有壓力，希望她能自在地生活，活得像個單純的孩子，重新開始一個新的人生。

真要說梁塵「失常」過，大概是她高中有一年的事。

梁塵從來不曾鎖房門，某個週末吃完晚餐就突然把自己鎖在房間不出來，後來變本加厲，連平常日也這樣。

梁媽媽擔心她是課業壓力太大，還偷偷去找老師談話。老師只說大概是這年紀的孩子處在青春期，有點小祕密或鬧彆扭。

梁塵的小祕密？這讓梁媽媽更好奇了，只是梁塵心事鎖得牢，她也無從得知。直到有一天梁塵哭喪著臉進房間找她，手上拿著手機，說是壞掉了。梁媽媽還以為多大的事，看她難過得都要哭出來。

「現在時間晚了，明天買新的給妳，妳要上網的話就先用書房的電腦。」她安撫道。

梁塵皺著臉著急地說：「我現在就要！我現在就要！」像極了一個無理取鬧的孩子。從來沒有被女兒「要求」過的梁媽媽立刻決定出門，到市中心買了一支最新的手機。

梁媽媽回到家，時間已經過去一小時。梁塵紅著眼睛拿到了新手機，哭著臉道謝。

「這孩子怎麼還是不高興啊？」梁媽媽沒有一點生氣的樣子，反而對於梁塵的反常感到開心。

「是不是我買的型號她不喜歡？應該帶她自己去挑？一般的孩子都是這樣的吧？」一連串的問題，梁爸爸一個字也回答不出來，他也弄不明白女兒今天是怎麼了。

梁塵回到房間，鎖上門，立刻用手機上網，進到電臺的網站，在楊聲的留言板上留言。一直以來她都是躲在房間邊念書邊聽楊聲的廣播，還時不時露出傻笑，擠眉弄眼的，樣子可蠢了，這種事她哪敢在爸媽的書房做？

「晴天霹靂啊！我的媽，今天手機壞了聽不到廣播，剛剛你們都聊了些什麼？」

梁塵的心臟怦怦狂跳，以前她總是默默地聽，這是她第一次留言。

幾個大概是同齡的高中生熱心地回覆。

「楊聲終於透露他的年紀啦！應該是大學生！（星星眼）」

「還有他沒住校！」

梁塵在留言板與大家互動，後來也因為楊聲結識了一群志同道合的網友，從那之後她們經常在網站上聊天，甚至不少人公開跟楊聲表白，卻從來沒有得到過楊聲的任何回應。

直到有一次，梁塵猶豫了很久，也鼓起勇氣寫下她對楊聲的欣賞。

「如果要認真形容他的聲音，就像是在悄然無聲的暮色裡逐漸漾出一道微光，連晚風都為它沉寂。」

楊聲在電腦前看著留言微笑。其實他每天下播都會上來看一看，一開始是想了解聽眾對內容的反應如何，後來發現幾個名字挺活躍，也就記住了。

今天留言的「塵」就是其中一個，平常說話客氣、不得罪人，若依她的描述，應該還是個高中生，卻給人感覺十分早熟。

楊聲應該怎麼想也想不到，這個網友會和他在多年後糾纏一生。

隔天梁媽媽趁梁塵去上學時，忍不住偷偷進去她房間，想知道女兒每天關在房間裡的小祕密到底是什麼。

她在書桌上看見透明墊子下壓著一張放大的照片。

「這人到底是誰？照片這麼模糊，要拍也拍好一點啊？臉怎麼看不見，身材看起來挺好的，個子應該很高……小塵談戀愛了？」

她想了很久，覺得不像，過了一會，她恍然大悟。

「原來這孩子開始追星了啊？」

梁媽媽端詳著手上的照片，左看右看……

番外完

後記

細數之前的作品，似乎都寫偏暗黑向或者催淚的故事，這是我第一次試圖寫一部這麼甜又輕鬆取向的小說，當然人生不可能一帆風順，戀聲的角色亦然。那個風靡萬千少女的楊聲忽然殞落，梁塵、陸岳聲、李方婷和她的男友王一維、家教學生之間的糾葛，他們的青春相當熱鬧。

我從求學時代就對聲控題材十分感興趣，主要是因為自己也曾經在相關領域活動過一段時間，聲音這個題材一直在我心中醞釀著，希望有一天能夠把屬於我自己的聲控故事寫出來。

這部作品在POPO連載時討論度很高，每天看著讀者們的留言，被讀者追著更新，努力爬榜，也是挑戰自己更新極限的一部作品，和網友們一邊互動一邊寫作，做著腦力激盪真的很有趣！也很感謝大家到現在都還不離不棄，從戀聲還沒完成，就有很多讀者私訊或者留言跟我說，希望這部作品能變成實體書，其實我也很期待有這麼一天。

這部作品能順利出版，真的非常謝謝修貝編輯的幫助，她總是默默關心我，鼓勵著我，又怕打擾我，真的很感激也很感動。

最後，之前一直被大家敲碗番外，這次我很有誠意唷！除了實體書，網路版還有其他篇番外，有興趣的人記得上POPO看看。

希望在這疫情艱困的日子裡，大家看完心裡能甜甜的。

丁凌凜

國家圖書館出版品預行編目資料

戀聲的時光 / 丁凌凜作 . -- 初版 . -- 臺北市 :
POPO 出版 : 家庭傳媒城邦分公司發行, 民 110.09
面; 公分 . -- (PO 小說 ; 59)
ISBN 978-986-06540-2-8(平裝)

863.57 110013237

PO 小說 59

戀聲的時光

作　　者／丁凌凜
企畫選書／林修貝　　行銷業務／林政杰
責任編輯／林修貝、吳思佳　　版　　權／李婷雯
總 編 輯／劉皇佑

總 經 理／伍文翠
發 行 人／何飛鵬
法律顧問／元禾法律事務所　王子文律師
出　　版／城邦原創 POPO 出版　城邦原創股份有限公司
台北市中山區民生東路二段 141 號 6 樓
電話：(02) 2509-5506　傳真：(02) 2500-1933
POPO 原創市集網址：www.popo.tw　POPO 出版網址：publish.popo.tw
電子郵件信箱：pod_service@popo.tw
發　　行／英屬蓋曼群島商家庭傳媒股份有限公司城邦分公司
聯絡地址：台北市中山區民生東路二段 141 號 11 樓
書虫客服服務專線：(02) 25007718．(02) 25007719
24 小時傳真服務：(02) 25001990．(02) 25001991
服務時間：週一至週五 09:30-12:00．13:30-17:00
郵撥帳號：19863813　戶名：書虫股份有限公司
讀者服務信箱 email：service@readingclub.com.tw
城邦讀書花園網址：www.cite.com.tw
香港發行所／城邦（香港）出版集團有限公司
地址：香港灣仔駱克道 193 號東超商業中心 1 樓
email：hkcite@biznetvigator.com
電話：(852) 25086231　傳真：(852) 25789337
馬新發行所／城邦（馬新）出版集團 Cité(M)Sdn. Bhd.
41, Jalan Radin Anum, Bandar Baru Sri Petaling,
57000 Kuala Lumpur, Malaysia.
電話：(603) 90578822　傳真：(603) 90576622
email：cite@cite.com.my

封面設計／也津
印　　刷／漾格科技股份有限公司
經 銷 商／聯合發行股份有限公司
電話：(02) 2917-8022　傳真：(02) 2911-0053

□ 2021 年 (民 110) 9 月初版　　Printed in Taiwan.

定價／ 270 元
 ISBN 978-986-06540-2-8